土橋章宏

金の殿

時をかける大名・徳川宗春

実業之日本社

実業之日本社文庫

金の殿　目次

殿とアイドル

一

享保《きょうほう》一五年（一七三〇）、徳川吉宗《とくがわよしむね》が世を治めている頃――。

尾張は秋を迎えていた。残暑の厳しさから逃れて名古屋《なごや》城の天守閣にある藩主徳川宗春《むねはる》の居室にもようやく涼風が通るようになってきている。

暑さで細くなっていた食欲も戻り、ふとどこかに出かけてみたいと思うような季節であった。宗春も同じように思ったが、藩主になったばかりで引き継ぎの勤めが山積しており、駕籠《かご》の鳥となっていた。そうでなくても藩主となっては容易に外へ出られない。散歩でもしようと外を歩けば、家来がぞろぞろとついてくる。

部屋住みのころに比べれば万事面倒なことこの上ない。

（まことに窮屈じゃ。あれを見るしかないか）

宗春は立ち上がった。

藩主になったとはいえ宗春はまだ若く、男盛りである。気品のある顔立ちの中、目には強い光が宿っており、背もすらりと高い。歩けば立派な押し出しで、さすがは徳川御三家の一つ、尾張藩の殿の姿である。

だが宗春は最初から藩主となるように教育されたわけではなかった。二十番目に生まれた男子だったので、よもや藩主になるなどとはまわりも本人もつゆほども思わず、江戸で気ままに暮らしていた。ところが次々と兄たちに不幸が続き、気がつけば名古屋城の主《あるじ》におさまっていたのである。

このため大らかに育てられすぎて、並の藩主とは違うところが多々あった。

宗春は壁際に置いてある手文庫に近づくと一番下の引き出しをそっと開けた。そこには色鮮やかな錦絵の本がある。

手にとって広げると、中には美しい色彩で、吉原《よしわら》の花魁《おいらん》たちの艶姿《あですがた》が描かれていた。金糸輝く着物の襟元がはだけて白い肩やうなじが、裾の隙間からは白いふくらはぎがのぞいている。

（ふおおお！）

宗春の目が輝いた。

虚《むな》しいとき、寂しいときはこれを見るにかぎる。

表紙の題字には〈吉原花魁絵巻〉とあった。江戸からこっそり取り寄せた最新のものである。

日本堤《にほんづつみ》のそば、吉原の華々しい花魁道中の賑《にぎ》わいが、宗春のまぶたの裏に蘇《よみがえ》ってくる。

祇園祭《ぎおんまつり》を模したような金太鼓の音とともに、禿《かむろ》たちの先導で花魁が高下駄を引きずり、しゃなりしゃなりと歩いてくると、

「いよっ、高尾太夫《だゆう》！」

「惚《ほ》れた！」

などと男たちの酔声が飛ぶ。花魁は江戸の男たちの、憧れの的だ。宗春も例外ではなく、気軽な身分をいいことに、何度も吉原に通ってそれをながめたものだ。

錦絵をめくりながら、巡り会ったさまざまな女たちを思い出す。それぞれに興があり、きらめくような時を共に過ごした。

しかし、今やそびえ立つ天守閣に閉じ込められ、市井《しせい》の活きのよい女子《おなご》たちと出会うこともない。

（ああ、窮屈だ、退屈だ！）

宗春はやるせなかった。自由に歩き回り、いろんな女と出会ってみたかった。

しかしそんな時はもう二度とこない。

再び、花魁たちの絵をめくると、ひときわ色艶のある女の絵が目に飛び込んできた。

「これは美しいのう。江戸にいたらきっと会いに行ったろうに」

宗春がつぶやいたとき、

「そんな暇がありますかな」

と、皮肉たっぷりの声が聞こえた。

「ん!?」

宗春が顔を上げると、目の前に側用人の星野織部《ほしのおりべ》が立っていた。分厚い眼鏡の奥でぎろりと目を光らせている。

「なんじゃ、織部か」

「殿。この危急の時に何をなされているのです」

織部がさっと錦絵を奪い取った。

「か、返せ！」

「なりませぬ。このようなもの、勤めの邪魔となります」

織部は錦絵を早くもその懐《ふところ》にしまった。

「うぬ……。それはわしの唯一の楽しみじゃぞ。こんなところに閉じ込められて、息抜きくらいなくては倦《う》んでしまうわ」

「そう言いながら、殿は毎日、息抜きばかりしておられるではありませぬか。藩主となられたのですから、少しは殊勝に勤めていただきませんと。殿が尾張の難儀を見事救うことができたときは、お返しもいたしましょう。しかしながら殿はまだ何もなされておられません。このようなことでご先祖に顔向けできるのですか?」

織部がやんわりと叱った。織部は宗春が前髪を落とす前からのつきあいであり、手厳しい。

もっとも宗春が困ったときには一番頼りにするのも、この織部なのである。

「じゃがのう。藩主に生きている彩りがなくては、政《まつりごと》も色を失うぞ」

「わからぬでもありませんが、今や我が藩の財政は瀕死《ひんし》の状態。このままでは幕府から遣わされた付家老たちが、殿を隠居させようとするかもしれませんぞ」

織部が西の丸のほうをちらりと見た。

「目障りじゃのう」

　宗春は深いため息をついた。幕府は宗春が妙な動きをせぬよう、お目付役の家老を尾張藩に配置している。いわば間者《スパイ》のようなものだ。宗春に粗相あれば、たちどころにその話は江戸幕府へと伝わるだろう。

　藩主が暗愚であるとき、その家臣たちによって強制的に隠居させられることは、ままある。宗春が役立たずとわかれば、吉宗の意向で隠居させられる事態もあるかもしれない。

「織部。わしとて尾張をなんとかしたいのじゃ。民の苦しみを思うと胸がふさがれるわ」

　宗春はうつむいた。確かに今、尾張には賑わいがない。吉宗の倹約令のもとで、民は貧困にあえいでおり、小規模な打ち壊しのようなことまで起こっていた。

（何か手を打たねばならぬ）

　そう思う。思うが何も浮かばない。そもそも藩主になるつもりもなかったのだから、治政の修養もろくにしてこなかった。

「むああっ！」

宗春は頭をかきむしった。

「殿、お気を確かに！」

「まったく手が浮かばぬ。どうしたらよいかわからぬのじゃ！」

「ならばせめて、おなぐさみにこれを……」

織部は小さく息をつくと、懐に手を入れ、小さな薬包を取り出した。

「なんじゃそれは？」

「煙草《たばこ》でございます」

織部が紙包みを開けると、紫色がかった煙草の葉が出て来た。

「ほう……」

宗春が顔を近づける。

「妙な匂いがするの。どこの産じゃ。大隅《おおすみ》（鹿児島《かごしま》）か？」

「いえ、出島《でじま》のオランダ商館長カピタンが江戸参府の際、幕府に献上した南蛮渡《なんばん》来の煙草にて、特別仕立てのものだそうです。その効能は時を忘れるほど心を癒やすそうで……。上様から賜ったものです」

「上様から？」

「はい。急に藩主となっては気苦労も多かろうから、疲れたら吸ってみるがよい、と」

「ほう。試してみるか」

宗春は何かと目新しいものが好きである。さっそく煙管《キセル》に煙草を詰め始めた。

(吉宗さまもきっとわしのことを心配しているのだろう)

宗春は思った。

かつて尾張藩藩主になる前、宗春は御家門衆として吉宗に仕えたことがある。鷹狩《たかがり》の獲物も数度賜り、東照宮《とうしょうぐう》の予参の供も命じられるなど、気に入られていた。今回の贈り物も吉宗の細やかな気遣いと思われた。

宗春は煙管を煙草盆に近づけ、火をつけると、怪異な香りが広がった。今まで嗅いだことのない匂いである。

「織部。妙な香りがするのう。良薬は口に苦しというやつか?」

宗春は眉を寄せた。

織部が煙草の説明書きの紙片を読みあげる。

「えー、この香、吸い主の気の病を癒やすなり。ただし、吸うのは一息まで。それ以上はけして吸うべからず……？」

織部がはっとして顔を上げ、宗春を見た。

しかしすでに宗春は思い切り煙管を吸った後だった。

「おっ……、おおっ……、おおーっ！」

宗春は混乱した。煙草の効き目なのか、視界が歪《ゆが》み、織部の顔がくるくると回転する。

「殿っ！　殿～っ！」

織部の声が遠ざかり、目の前が暗くなる。

（死ぬのか、わしは？　尾張はどうなる！　あの錦絵も、存分に楽しんでいない！）

いろいろと悔しかった。

二

再び意識を取り戻したとき、宗春はなぜか城の外にいた。

「なぜ城表《しろおもて》に？」

宗春は天守閣を見上げた。なぜか城がよそよそしく見える。

「いつもと違うような気がするが」

宗春は目をこすった。あの煙草の悪影響だろうか。

「織部！　織部はおらぬか！」

呼んでみたが、返事はない。

「誰もおらぬのか。妙な音や匂いもするが」

歩きつつ、宗春はいぶかしんだ。遠くからはごおおおっという絶え間なく低い音が聞こえ、息をしても、どこかすっきりしない。何やら鼻がむずがゆくなってくる。

歩き回っていると、奇妙な恰好《かっこう》をした女を見つけた。

「何だ、あれは？」

女はわずかな布を身にまとっているが、肩はむき出しで、脚も腿《もも》から下がすっかり見えている。髪も結わず、肩の両側に垂れ流し、風呂上がりの女のようだった。

（奇態な……）

城に迷い込んだ旅の者なのか。それにしては取り乱している様子もない。

そのあらわな恰好を見ていると胸が思わず高鳴る。

宗春は女に近寄っていった。

「これ、そこの女」

「はい？」

「着物を盗まれたのか？」

宗春は優しく聞いた。危難にあった女かもしれない。一瞬好色な目で見てしまった自分を責める。

「は？　着物!?」

女は片眉を上げた。

その目は大きく、まつげも異様に長い。起きたばかりのように目の下もぷっくりふくらんでいる。

宗春が見たことのない類《たぐ》いの女であった。

「そなた、脚が出ておるぞ」

　宗春が膝の上にまいてある布を、強引に引っ張った。せめて隠してやりたい。毎朝、竹刀《しない》を振って鍛えている宗春の腕力により、布はずるりと下がり、その長い脚を膝まで隠した。

「よし。これで少しは……」

　言いかけて宗春は驚いた。脚は隠れたが、ひとつなぎになっていた布は下に大きくずれ、胸がすっかり露出していた。それが二〇一七年の世界では〈ベアトップ〉と呼ばれている衣装であることを、もちろん宗春は知らない。

「きゃあああっ！」

　悲鳴が響き渡る。

「むむ、これは失敬……」

　宗春は慌てて、布を引き上げようとしたが、布がぴったり張りついて思うように動かない。

「助けて！　この人、痴漢です！」

　大声で叫ぶ女におののき、宗春は思わず逃げた。わけがわからないが、本能が危機を告げていた。

（くそっ。なぜわしが城の中で逃げねばならぬ！）

思ったが、やはり城の様子は変であった。いつもならいる庭番も馬廻《うままわ》りの者もいない。一刻も早く見知っている者をさがし、何が起こっているのか確かめねばならないだろう。

脱兎《だっと》のごとく走った宗春の前方に、ようやく武士たちが集まっているのが見えた。それを見てようやく安堵《あんど》する。家臣たちだろう。おかしな女を城にいれた罪は重い。

（減俸に処してやる）

女に追い立てられた苛立《いらだ》ちをおさえ、宗春はたむろしている武士たちのもとへ歩いていった。

「これ、お主ら！」

「ん？」

武士の一人が振り向いた。

その両手には赤い扇子《せんす》を握りしめ、胸のたすきには『名古屋城おもてなし武将隊』と書いてある。宗春はそんな隊を作った覚えがなかった。

「不届き者！　城に不審な者が入り込んでおるぞ！」

「主？　何者じゃ？」

男は驚いたような顔で宗春を見つめた。

他の者も着物を着崩したり、戦時のような大きな兜《かぶと》をかぶったりと、思い思いの恰好をしている。いつのまに尾張藩の家臣団はここまで落ちぶれたのか。

「わしは徳川宗春じゃ。藩主の顔を見忘れたか！」

怒鳴ったとき、強烈に後ろから頭をはたかれた。

思わず三歩ほど前によろめく。

「早く来い、集合写真だぞ！」

振り向くと、声の主は驚くほど背が高く、白銀の鎧《よろい》の上に赤いマントをまとっていた。

「無礼者！」

宗春は刀を抜こうとしたが、あいにく大小を腰に差していなかった。

（しまった！　丸腰ではないか）

宗春は焦った。相手はすっかり戦支度を調え、甲冑《かっちゅう》に身を包んでいる。どうやら家臣ではないらしい。

（不覚……。これまでか!?）

〈常在戦場《じょうざいせんじょう》〉という、いにしえの言葉が浮かんだ。しかしせめて、自分を討つもののの正体を知りたい。

「聞かせよ。お主、何奴じゃ」

「織田信長《おだのぶなが》である」

男は平然と答えた。

「織田……、信長？」

「おう」

宗春は混乱し、両手に扇子を持った隣の男に聞いた。

「では、そちは誰じゃ？」

「豊臣秀吉《とよとみひでよし》じゃ。見てわからぬのか？」

「わからぬ。ちっともわからぬ……」

信長と秀吉という名は、宗春とて当然知っている。しかしなぜその二人が今、名古屋城にいるのか。

「いいから来い！」

信長に襟をつかまれ宗春は引きずられた。

「これ、何を致す！　やるならひと思いに……」

宗春は混乱したまま堀の前に連れて行かれた。

「さ、ここだ」

信長が言った。そこには老人たちが並んで座っている。

「誰だ、この者たちは？」

またも皆、奇妙な服を着ている。勝手知ったる名古屋城が、もはや異国のようだった。

老人たちはみんなニコニコしている。

「ほら、並べよ」

宗春は老人たちの前に手荒く引きずり出された。

「はい、もうすぐ撮りますよ～」

目の前にいた男が黒くて四角い箱を構えている。

（何なのだ、これは）

宗春はますます混乱した。あの箱に首を入れるつもりだろうか。

「兄さん、あんたは誰だい？」

横にいた老人が人なつっこく聞いた。

「わしのことか？」

「ああ」

「わしは徳川宗春じゃ」

「えっ？　誰だったかな。どこかで聞いたような……」

老人が首をかしげた。

「私、知ってるわ」

隣の老婦人が声を上げた。

「ほら、あの大須《おおす》商店街のからくり人形の人よ」

「ああ、あの牛に乗った……」

老人たちはわいわいと騒ぎだした。我こそは尾張の歴史を語らんと口々に話し出す。

「撮りますよ～。信長さん、お願いします！」

四角い箱を構えた男が言った。

信長がうなずいて声を上げた。

「理想を持ち信念に生きよ。必死に生きてこそその生涯は光を放つ。わが名は名第六天魔王、織田信長である」

信長がぐるりと首を回して派手な見栄を切った。

（第六天魔王？　なんだそれは）

宗春は呆然《ぼうぜん》と見つめたが、そんなことにはおかまいなく、

「ほら、笑え！」

と、信長は宗春の両頰を引っ張った。自然と笑い顔になる。

「チーズ！」

箱を持った男のかけ声とともに、目の前がまぶしく光った。稲光りかと思って空を見まわしたが、雨雲はない。だが目を閉じると四角い光の残像がまぶたの裏に残っている。

（そうか。これはもしかして……、夢か？）

それならばかろうじて説明はつく。だが、いつまでたっても目が覚める気配が

ない。

（どうなっておるのだ、これは）

不安を覚えながら、そこから逃げるように歩き出すと、見覚えのある建物が目に入った。

宗春が普段暮らしている本丸御殿である。

「おい、帰ったぞ！　わしじゃ。開けろ！」

宗春が扉を叩いた。中には下女や女中がいるはずだ。一刻も早く、見知っている者に会って安心したかった。

しかし出てきたのは灰色の服を着た、いかめしい顔の男だった。

「ここは立ち入り禁止ですよ」

ぶっきらぼうに言って、いぶかしそうに宗春を見る。

「愚か者！　ここはわしの家だ。どけっ」

宗春は構わず男の横を過ぎ、玄関に足を踏み入れた。

「こらっ！」

いかめしい男が宗春の首を後ろから手を回し、絞め上げた。

「うぐっ！」

息が苦しくなる。

（この男、尾張藩の藩主に手を出すとは、乱心しているのか）

宗春はもがいた。

（いや、それとも逆か。わしが乱心しているのかもしれぬ）

そう考えるとつじつまが合う。幻を見ているのかもしれない。

「織部、乱心じゃ！　わしはどうやら乱心しておる！」

宗春は叫んだ。殿の乱心となれば傷つくのは尾張徳川家だ。自分が何かしでかさないうちになんとしても我が身を幽閉《ゆうへい》せねばなるまい。

「助けてくれ、織部！　わしは頭がおかしくなってしまった。禁欲が過ぎたのじゃ！」

宗春が泣きそうになったとき、

「待ってください！」

と、女の声が聞こえた。

「なんですか？」

いかめしい男——警備員が荒い息をつきながら聞いた。

「すみません、この人、ちょっと変なんです」

その女は言った。いや、宗春から見ると娘といってもいい年だろう。

頭の後ろにまとめた髪が揺れ、動物の尻尾《しっぽ》のようで愛らしい。襟元にやたら線の入った服——セーラー服——を着ている。

だが、「ちょっと変」とはなにごとか。

「その方《ほう》、無礼であるぞ」

宗春は注意した。

「ほら、時代がかってるでしょ。時代劇の芝居に夢中になって、夢と現実がごっちゃになってて……。ご迷惑をおかけしました。ほら帰ろ、お兄ちゃん！」

娘は宗春の袖を引いた。

警備員が戸惑いながらもようやく宗春を自由にする。

「は、離せ！　わしに触るな！」

「殿。私は星野織部ゆかりの者です」

娘が素早く耳元で言った。

「なに!?」

宗春は動きを止めた。

「殿、ここはひとまずお引きください」

娘が真剣な表情をした。

（この娘、何か知っておる）

宗春は従うことにした。それに何やら怪しいがこの娘はかわいらしい。そんな娘の言うことには逆らうべきでないだろう。

宗春はすずに続いて歩き出した。

「若いのに、お気の毒に……」

後ろで警備員がつぶやいた。


「娘。もうよいじゃろう」

本丸御殿から離れたところまで来ると、宗春は娘に向き直った。

「おけがはないですか?」

娘が心配そうに聞く。

「大事ない。それよりお主、織部ゆかりの者と申したな。いったい何者じゃ？」

「私は星野すずと申します。あの、その前に確認したいことがあるんですが……。あなたは本当に本物の宗春さまですか？」

すずは絵のようなものを鞄《かばん》から出すと、忙しく宗春と見比べた。

「いかにも。わしは徳川宗春じゃ」

「だったら聞きますけど……。生まれた年は？」

「元禄《げんろく》九年、神無月《かんなづき》じゃ」

「子供のときの名前は？」

「幼名は万五郎《まんごろう》よ」

「もしかしてお尻に三角の痣《あざ》があります？」

「む、なぜ知っておる!?」

「うわっ！　やっぱり本物だぁ……！」

すずが、驚きと喜びをないまぜたような表情を浮かべた。

「そなた、わしを存じておるのか？」

宗春は一抹の希望をこめてすずを見つめた。

この異境のようなところで、ようやくつかんだ確かな手応えである。

しかしその刹那《せつな》、がくんと膝が折れた。

「殿さま！　どうしたんですか？」

「腹が……減った……」

あまりの空腹に宗春は目が回った。


宗春がようやく元気を取り戻したのは、名古屋城近くのきしめん店であった。

「ふ〜、うまい！　生き返ったぞ」

腹が満ちると、不安も少し減ったような気がする。

「よかったぁ。それ、きしめんというんですけど、お口に合いますか？」

「知っておる。わしの大好物よ。出汁《だし》の味はちょっと変わっているようだが、これはこれでうまい」

「一番美味《おい》しいのは名古屋駅のホームだって言いますけどね」

「ホーム？　いや、それより教えてくれ。まず、ここはどこなのじゃ。お主はどうしてわしを知っておる。夢ではないのか？」

「これは現実です。私も信じられないんですが……。」

言いながら、すずは鞄から古ぼけた眼鏡を取り出した。

「これに見覚えありますか?」

「む? どこかで見たような……」

宗春は首をひねった。妙に分厚い眼鏡である。

「これは私のご先祖さま、星野織部の眼鏡です」

「なに! 織部の……!?」

宗春は眼鏡を手に取った。確かに織部のものである。

「ということは、お主、織部の娘か?」

「いえ。十一代下の子孫です」

「十一代? 何を言うておる。わしをこけにする気か」

「違います! でもわからないのも無理ないんです。ここは宗春さまがいた時代の三百年後の尾張なんですから……」

すずが言った。

「三百年……後?」

宗春は啞然《あぜん》とした。意味がわからない。確かにまわりは異境のようであるが、三百年後とはどういうことなのか。

「まずはこれを読んでください」

すずが古い手紙のようなものを宗春に渡した。

古色蒼然《こしょくそうぜん》として、ところどころ傷んだ和紙に、筆文字が書かれている。見覚えのある織部の字であった。

『今より三百年ののち、名古屋城に宗春さまが時を超えてご降臨される。宗春さまは尾張を救うお方ゆえ、星野家代々の者は何でも殿の言うことを聞き、しっかりとお守りせよ』

手紙にはそう書かれていた。

「時を超えて？　どういうことじゃ」

宗春は呻《うめ》いた。

「時とは、日々の流れのことです。朝、昼、夜と時は流れますよね？」

「まあ、そうじゃな」

「その流れを超えて、殿は来たのです。一日二日、ひと月ふた月、そして何年も何百年も先の世界へ……」

「待て！　待て待て。そんなことができるはずがない」

「でもこうして殿はタイムスリップしてきたんです」

「たいむ……!?」

「時をまたぐことです。きっと普通はできませんよ、こんなこと。でも殿にはなぜかできたのです」

「ううむ。にわかには信じられん」

「ですよねー。私だってびっくりしてるんです」

すずが困ったように両手を広げた。この顔は、嘘《うそ》をついていない顔である。しかし川を越えるように時を超えることなどできるのだろうか。

「つまり、わしがあのまま生きておれば、今三百歳ほどということか」

「はい。殿、わかりがいいですね！」

「算術の上ではそうなる。しかし信じられぬわ」

「パパもママもおじいちゃんもおばあちゃんも信じてなかったんです。でも私はもしかしたらって、ちょっと楽しみにしてたんですよ。すっごく具体的にやってくる日時が書いてあったし。で、来てみたら、ほんとに殿がいて！」

すずがうれしそうな顔をした。

（この娘が織部の子孫か。そういえば面影があるようにも思える。しかし本当にそんなことがあるのか……）

宗春がきしめんをたぐりながら窓の外を見つめると、あまりにも変わった尾張の街並みや人々が見えた。すずの言うとおりだとすると、確かに筋は通る。

「悪くない」

宗春は微笑《ほほえ》んだ。

「えっ？」

「駕籠の鳥でいるよりはおもしろいかもしれぬ。わしのいたころに比べ、街はずいぶんと栄えておるようじゃ。いったいどうしてこのような賑わいになったのか……。すずとやら、この時代を案内してくれ」

宗春は頭を下げた。

「殿、顔を上げてください。好きなところに案内しますから。ご先祖様からの言い伝えなんで、私頑張ります！　どんなところがいいですか？」

「それはもちろん、楽しきところじゃ」

宗春は何やらうきうきしてきた。好奇心の塊のような宗春だけに、今や異境に来た不安よりも、新しいものを見られるという期待が上回っている。せっかく来たのだから、諸方を見て回りたい。

「じゃあ私の行きつけのところに行きますか！」

結った髪をぴょんと揺らしてすずが立ち上がった。

三

「なんじゃ、このからくりは！　絵が動いておる。これはいったい……」

宗春は大型ディスプレイに映った画面に驚いていた。薄いぎやまんの板の中で人が動いている。

「これはテレビっていうんです。あ、ディスプレイって言ったほうがいいかな」

選曲コントローラーを持ったすずが言った。タッチパネルを操作すると、さっそくカラオケの曲が流れ出す。

「ふうむ、面白い。芝居を見ているようじゃ」

宗春はモニターに近づいてばんばんと画面を叩いた。薄いのに頑丈である。

「殿！　これで歌うんですよ。やってみてください」

すずが楽しそうに言ってマイクを渡した。

「なんじゃこれは」

「さ、歌っていいですよ！」

宗春がわけもわからずマイクを握ったとき、ボーイがドリンクを持って入ってきた。

「お待たせしました。……えっ？」

ボーイは宗春の姿に驚いたらしい。ちょんまげ姿の男が女子高生とカラオケに来ていたら、犯罪に近いものがある。

しかしボーイはバイトでつちかった無関心さを発揮して、ドリンクをガラステーブルに置いた。

そのとたん、

「大儀であった！」

と、大音量が響いた。しかもエコーつきである。

「ひゃあ！」

ボーイはのけぞった。同時に宗春も自分の声に驚いてのけぞった。

二人のイナバウァーに、すずが吹き出した。

宗春は近代の歌がよくわからなかったので、すずがマイクを独占した。しかし宗春とて歌や踊りは好きである。タンバリンなる打楽器を叩いて音楽に体を預けた。そんな浮かれたような気持ちになったのは実に久しぶりだった。

一時間ほど歌い踊って廊下に出ると、派手な衣装を着たアイドルグループのポスターが貼られているのが目に入った。そこには『ＮＧＹガールズ』と書かれている。

ポスターの中で笑顔を浮かべる娘たちはみな若々しく、潑剌《はつらつ》としていた。

「きらびやかじゃのう。すず、これはどこの花魁じゃ？」

宗春が聞いた。

このような娘たちが揃《そろ》っているなら一度行ってみたい。

「花魁じゃないですってば！　名古屋のご当地アイドル……つまり踊り子さんで

すね」

「ほう……。見てみたいのう」

「じゃあ行ってみます？　この子、私の親友なんですよ」

すずが自慢げに、後列の中にいる一人の娘を指さした。

「ほう……。美形ではないか」

「学年で一番かわいかったですからね」

「ならば、お主は何番じゃ？」

「ええと、二番くらいだと思いますけど？」

すずが顔の横でピースをしてにっこり笑った。

「嘘じゃな」

「な、なんで!?」

「わしにはわかる。ま、気を落とすな」

「別に落としてません！」

すずがぷりぷりして言った。

やがて小さなライブ会場に着くと、入り口には長蛇の列ができていた。会場の前に並べられた机の上にはTシャツやCDなど数々のグッズが売られている。

「ほう、こんなところに屋台か……」

「行きましょ、殿！」

チケットを買ってきたすずが宗春の袖をつかんだ。

「中はぎゅうぎゅう詰めなんで、はぐれないでくださいね」

「この者たちが皆、木戸銭《きどせん》を払うのか？」

どんどん中に入っていく客たちを見ながら、宗春は聞いた。大入りの満員である。

「ええ、そこでファングッズを買う人もたくさんいますよ。とにかく大人気なんですから！」

暗い会場に入って行くと、すでに舞台の上では、NGYのメンバーが歌い踊っていた。もっともこちらは二軍のメンバーであり、NGY全体が揃うと後列にまわる女の子たちである。

踊っている中には、すずが先ほど親友だと言っていた娘もいた。すずの話によると、『ひかり』という名前らしい。

客たちは奇怪な踊りに身を任せ、異様な声を上げていた。

「盛り上がっておるのう……。む？」

宗春は、親衛隊の一人が振っていた光る棒を見て、さっと奪いとった。

「ちょ……、何するんです！」

「これは提灯《ちょうちん》か？」

「はあ？」

親衛隊の男は怒りかけたが、宗春の恰好を見て黙った。

なぜライブ会場にちょんまげの侍《さむらい》がいるのか――。

宗春のことを危ない奴だと思った様子で、男は目をそらした。

「熱くない……！　不思議じゃ」

宗春は光る棒をいじくりまわした。火もないのに光る道理がまるでわからない。

「殿！　ちゃんと殿のぶんも買ってありますから。ほら、サイリウム」

すずが鞄に手を入れ、いろんな色のサイリウムを、ずらりと取り出した。

「でかした！」

宗春は、親衛隊の男にサイリウムを返すと、すずから新しいものを受け取った。

「殿、こうやって光らせるんですよ」

すずはポキッとサイリウムを折ってみせ、

「こんな感じで振ってください」

と、暗闇の中で鮮やかに動かした。化学反応で作られた光の軌跡が八の字を描く。

「おお、見事じゃ！」

宗春も見よう見まねでサイリウムを折り、振り回した。なんとも不思議なからくりである。

このとき、舞台の真ん中にひかりが飛び出してきて、ソロパートを歌い始めた。

「ひかり〜っ！」

親友の登場に、すずがひときわ大きな歓声を上げた。

「おお、あれがそうか」

宗春もひかりを見つめた。

まわりにいた親衛隊が「ひっかり〜ん！」と叫び、応援のダンスを踊る。一糸乱れぬその身のこなしには魂がこもっていた。

「L・O・V・E　ウィーラブひかり！」

すずもその振付を真似《まね》した。

「さあ、殿もご一緒に！」

すずが目をキラキラさせている。

「わ、わしもやるのか？」

「もちろんです！」

「う、うむ……」

宗春はまわりに圧倒されながらも、その振付を真似た。恥ずかしいが何やら気持ちいい。そうなってくると宗春も高揚してきた。

「まだまだ行くよ～！」

NGYのメンバーの一人がマイクで叫んだ。

（あれはカラオケとかいう店で使ったものだな）

宗春は目を凝らした。

ソロパートの終わったひかりは列の端に戻っている。

するとつ気づいたことがあった。ひかり一人だけが笑っていないのである。

妙だな、と宗春は思った。


ライブが終わり、親衛隊のメンバーとともに、すずと裏口で待っていると、ひかりが出てきた。

「ひっかり～ん！」

「最高だったよ～！」

親衛隊から歓声が飛ぶ。

しかしひかりは、ちらっと彼らを見るだけで、声援をほとんど無視して通り過ぎた。

「今日も塩対応かぁ」

「最近どうしたんだろ？　もう推しメンにするの、やめたほうがいいのかなぁ……」

親衛隊のファンたちが意気消沈している。

宗春は少し気の毒に思った。

この時代の踊り子はかなり気位《きぐらい》が高いのだろうか。

「ひかり！」

すずが呼んで駆け寄った。

「すず！」

ひかりもすずを見てようやく少し微笑んだ。

（おっ）

宗春は瞠目した。ひかりが笑うと、ぱっと花が咲いたように雰囲気が変わる。

この笑顔をあまり見せないのは惜しいことだ。

「すず、この人は……？」

ひかりがいぶかしげに宗春の着物姿を見た。

アイドルのライブ会場ではあまり見かけない恰好である。

「ああ、ええと、私のいとこなの。ほら、おもてなし武将隊のメンバーで……」

「徳川宗春でござる」

宗春がずいと前に出て微笑んだ。

（このような美しい乙女《おとめ》と知り合えるとは）

何やら胸が躍った。歌声もよいし、この娘が三味線《しゃみせん》に合わせ歌い踊ったら、さぞかし酒がすすむだろう。

「あ～、名古屋城のね」

ひかりは武将隊を知っている様子だった。どうやらあの者たちは、この世界では有名らしい。

「以後、よろしく頼む」

「でも名古屋城からずっとその恰好で来たんですか？」

「それはその、着替えを忘れちゃったらしくて……エへへ」

すずが笑ってフォローした。

「そうだ、すず。時間ある？」

ひかりが真剣な顔をして言った。

「えっ？　あるけど」

「手伝ってほしいことがあるの」

宗春たちが向かったのはひかりが所属する芸能事務所のスタジオだった。

中に入ってライトをつけると、四方が鏡張りになっている。

宗春は何やら恥ずかしい気持ちになった。まわりじゅうに自分の姿が映っている。

「実はね、今夜、ＮＧＹの選抜チームで出るの」

ひかりが言った。

「えっ！　ていうことはフロントに行くの!?　すごいじゃない！　おめでとう」

すずがひかりの手を取ってぴょんぴょんと跳ねた。

「先週から言われてたの。今夜はサッチーがテレビの収録で出られないからって」

「ねえ、それってチャンスじゃない？」

ひかりはうなずいた。

「うん。ここで目立てれば昇格できるかも」

「よかったね！　ずっと努力してたもん……。宗春さま、これってすごいことなんですよ」

すずが必死に説明した。ひかりはＮＧＹという大きなグループの一員だったが、今夜、選抜されて主役を務めるという。

「なるほど一世一代の檜《ひのき》舞台ということか。今宵は楽しみじゃのう」

宗春もこの時代のライブというものが、すっかり好きになっていた。ひかりが大舞台で踊るなら、あの親衛隊の面々も喜ぶだろう。

今も昔も宗春は民の喜ぶ顔が好きだった。

「……でも、本当は自信がないんです」ひかりが言った。

「あがり症だし、夜のこと考えると、すごく緊張して……」

「なるほど。それで昼の回ではあまり楽しそうではなかったのか」

「えっ、わかりました!?」

ひかりが目を丸くした。

「お見通しじゃ。尾張五十二万石の藩主を舐《な》めるなよ」

仮にも尾張すべてを治める殿さまである。人のありようはいつも見てきた。中でも美しい女子は、必要以上に見ている。

「とても楽しむどころじゃなかったんです」

「心配するな。お主の歌はうまかったぞ」

「わかってないですね」

ひかりが吐き捨てた。

「歌のうまい子なんていっぱいいるんです。今日ここで認められなかったら私、ずっと後ろにいることになるわ。そこに埋もれちゃったら、もう何のためにアイドルやってるのかわからない……」

ひかりがうつむいた。

「松には松の、竹には竹の良さがある。適材適所でよいではないか」

宗春は言った。それはこのところ傾倒していた荻生徂徠《おぎゅうそらい》の説でもある。

しかしひかりは叫んだ。

「私、変わりたいんです！」

その目が少し涙ぐんでいる。

「ひかり……」

すずも剣幕に驚いたようすで、ひかりの肩にそっと手をあてた。

「大きな声を出しちゃってごめんなさい……」

消え入りそうな声でひかりが謝った。

「いや、大勝負の前じゃ。気が昂《たか》ぶって当然であろう。こちらこそ不用意なことを言ってすまなかった」

宗春が頭を下げた。すずがはっとしてこっちを見る。しかし長く民と交わってきた宗春には、藩主だからなどという驕《おご》りはない。

「いいんです。私、ひがんでいるのかも……。私ね、『ひかり』なんて名前なのに、今までちっとも輝けなかったんです。クラスでも目立たない子で」

「ひかり……」

すずがひかりを見つめた。

「けど、やっと大好きなものが見つかったんです。だから私、きっとフロントに立ちます！」

「そうか。下克上《げこくじょう》じゃな」

「がんばって、ひかり！」

「うん。すず、撮影してくれない？　ダンスをもう一度チェックしたいから」

ひかりがスマホをすずに渡した。

「うん！」

ひかりはスタジオの真ん中に立つと、プレイヤーのスイッチを入れ、踊り出した。

その様子をすずが熱心にスマホで撮影している。

宗春はスマホをのぞき込んだ。手鏡のような小さな装置に、ひかりの踊る姿がとらえられている。

（カラオケとやらで見たからくりの小さなものだろうか）

宗春は観察した。未来には様々な仕掛けがあるらしい。

ひかりは機敏に、そして大胆に踊った。音楽の拍子も早く、宗春のいた時代にはない激しい踊りである。

ひかりが激しくターンするたびに、きらきらと汗が宙に飛んだ。踊りといえど、剣の稽古《けいこ》に勝るとも劣らぬ激しさである。

「見事じゃのう。何であれ、芸事はたやすく身につかぬものよ」

感嘆して言った。

「ひかりは寝る間も惜しんで、ずっと頑張ってきたんです。きっとスターになれます！」

すずはまるで我がことのように言った。よほど仲のよい友なのであろう。末っ子に生まれ、のんびり生きてきた自分は、ここまで努力したことがあるだろうか。藩主といえば尾張五十二万石の頂点である。「藩主になってしまった」と感じていた宗春だったが、目の前のひかりという娘は、逆に自力で勝ち抜いて頂点へ行こうとしている。そこで力いっぱい輝きたいのだろう。

(今のわしは輝いているか?)

宗春は自問した。尾張の領民たちは、新しい藩主に期待しているだろう。その地位にいる自分が、力を尽くさないでどうするというのか。

目の前でひたむきに努力を重ねるひかりを見て、宗春は静かに感動していた。もしかしたら自分も本気でやれば何かできるのではないか——。

曲が終わり、ひかりはスマホの映像を念入りにチェックした。

宗春はそれをのぞき込んで驚いた。先ほどまでのひかりの踊りがそのまま見ることができる。

(なんという便利な道具なのじゃ。これがあれば、花魁の動く姿をずっと保存し

ておけるではないか）

宗春はふとよからぬ事を考え、ひそかに唸《うな》った。

「なんとかイケてるかな」

ひかりがスマホの動画を止めた。顎《あご》から落ちた汗が床で水たまりのようになる。

「完璧だよ、これで大丈夫だよ！」

すずが言った。

「ううん、もう一回やる。夢がかかってるんだから」

ひかりがタオルでごしごしと顔の汗をぬぐった。スタジオの照明を受け、髪の一本一本までがきらきらと輝いている。

（美しい）

宗春の動悸《どうき》が激しくなった。

「そなた……」

宗春は何かに引かれるように、ひかりに近づいた。

「はい？」

「わしの側室になれ」

「えっ⁉」

ひかりの目が見開かれる。

「女だてらに、もののふのような魂の強さ。わしはお主に惚れたぞ！」

「ちょ、ちょっと、殿！　何を言ってるんですか！」

すずが慌てたようすで割って入った。

「不純な気持ちで近づいたらだめです」

「不純ではない。心から求めておる」

「うそっ⁉」

すずが困ったような顔をした。

（この娘、織部の子孫のくせに、藩主を助けぬとは……。もしかしてうつけか？）

宗春は眉を寄せた。

「すず、側室って？」

ひかりが聞いた。

「えっと……、その、恋人ってとこかな？」

「さあ、遠慮するな、ひかり。わしの元に来い」

宗春は手を伸ばした。なんとしてもこの女が欲しい。連れ帰ることができればきっと名古屋城の花となるだろう。

しかし、ひかりはにっこり笑って手を差し出しただけだった。

「アイドルは恋愛禁止なので、握手なら……」

「恋愛禁止？」

宗春は首をかしげた。この異境では恋が禁じられているのか。

「アイドルは多くの男性から思われているので、恋をしてはいけないんです」

すずが言った。

「なんと……。皆を裏切れぬということか」

「はい」

ひかりが頷《うなず》いた。

「律儀よのう」

宗春はやむなく、ひかりと握手をした。尾張でいうなら花魁が誰にも身請けされず、店に出続けるということだろう。となると、もはやこれは仏の慈愛である。

「……ひかり、どうしてもだめか？」

宗春はあきらめきれずに聞いた。

「はい！　今はＮＧＹのフロントに行くことで精一杯で……。集中したいんです」

ひかりがいい笑顔をした。

宗春は、ほっと息をついた。

（この笑顔が見られただけでもよい）

好きな女が我が物とならぬなら、せめて応援せねばならないだろう。

「ひかりとやら。これだけは覚えておけ。『愛に敵なし』じゃ」

それこそ、宗春が長い部屋住み生活の間に得た真理である。

「えっ？」

「愛があればどんな困難にも負けぬ」

宗春は言った。

四

夜になり、宗春とすずはライブ会場に向かった。昼の小さなステージと違い、大きなホールのようなところで行われるらしい。

「もう、お小遣いなくなっちゃう！」

すずが薄い財布の中をのぞき込んで、情けない声を出した。

「すず。お主は側用人のくせに、藩主をもてなす金子《きんす》も用意しておらぬとは何事じゃ」

「私、ただの女子高生なんですよ！　あるわけないじゃないですか」

「まさか働いておらぬのか」

「はい」

「うつけめ」

「ひっどーい！　ちゃんと勉強してるもん」

すずが頬を膨らませたとき、宗春は夜の町に光があふれているのを見つけた。

「見よ、すず！」

「えっ、なになに？」

「あれは松明《たいまつ》か？　夜だというのにまるで昼のようじゃ」

「ライトアップされてるだけじゃないですか」

「ライトアップ？」

「電気というものです。サイリウムより、もうちょっと明るいですけどね」

「ふむ……。これだけ明るければ女子供も安心して出歩けるのう。未来の尾張はたいしたものよ……」

宗春はつくづく感心しながら、ホールに入った。尾張五十二万石の藩主といえど、この時代ではちっぽけな存在に思える。

会場のドアを開けると、熱気が吹きつけてきた。

尾張の国民的アイドルＮＧＹの選抜メンバーが揃うだけに、客の盛り上がりも最高潮である。

「ひかりの応援はどこだ？」

「あそこよ。他に比べたら少ないけど」

宗春が顔を向けると、昼の会場で見た親衛隊たちが、ひっそりと固まっていた。

「なんじゃ、あんなに縮こまりおって」

「やっぱり緊張してるんじゃないかしら」

「ふむ。下克上もなかなか大変じゃのう」

やがてステージに『プレミア5』と呼ばれる娘たちが現れた。さすがに、自信にあふれている。多くのファンに応援され、見られているという自信がいっそう彼女たちを輝かせていた。

（美しいだけでなく、芝居や踊りもよいのう。衣装も手がかかっておる。かつて、日の本を席巻《せっけん》した出雲《いずも》の阿国《おくに》とはこのようなものであったろうか）

宗春は楽しくてたまらなかった。音楽に合わせ自《おの》ずと体が揺れる。

まわりにいた観客が物珍しさにじろじろと見たが、宗春は別の考えにとらわれていた。

吉宗の倹約令の下では芝居小屋どころか祭りまで禁じられている。それは人として生きる楽しさを奪われているのと同じではないのか――。

大歓声の中、娘たちの一人がマイクを握って、ステージの一番前に出てきた。

「みんな、来てくれてありがとう！　今日はサッチーがお休みなので、助っ人が来ています！　『ひかりん』こと、高島《たかしま》ひかり！」

「よろしく～！」

ひかりが元気よく走って出てくる。

「殿、ひかりが出てきました！」

「いよいよ出陣じゃのう」

宗春が身を乗り出した。

「ひっかり～ん！」

縮こまっていたひかり親衛隊も、ようやく息を吹き返したように声を飛ばす。

ひかりのパフォーマンスは完璧だった。思いのこもった一つ一つの動きに会場のファンものってくる。

「殿、見てください！　ひかりがあんなに！」

すずの目が潤んでいた。ひかりの晴れ姿を見て感動したのだろう。

（ここまで友のことを思えるとは、なかなかよい娘じゃのう）

宗春は目を細めた。ひかりの踊りにつられて客が跳ね、ホールの床が鳴る。客たちの体も動き出す。すずも両手に持ったサイリウムをひゅんひゅんと振り回した。

「完璧！　見てください殿、他の子のファンも注目してます！」

すずが跳ねながら言った。他のメンバーのファンたちもひかりから目が離せない様子だった。

（やるではないか。お主は今まさに、頂点に立っておるぞ！）

宗春が拳《こぶし》を握ったとき、ひかりの動きが急激に崩れた。

ステージの上で転び、ヘッドセットのマイクが飛ぶ。キーンというハウリングが鳴り響いた。

他のメンバーとぶつかって転んだらしい。音楽が止まり、スタッフが駆けつける。

「ひかりっ！」

すずの悲鳴が響く。

「おいおい、なんだよう」

「やっぱりサッチーじゃないと駄目だなぁ」

近くにいた客たちが罵声《ばせい》を浴びせた。

(おなごが転んだというのに、その言いぐさはなんじゃ。この時代の者たちには思いやりがないのか)

宗春は心を痛めた。ひかりの親衛隊も先程までの元気を失い、まるで通夜のようになっている。


ステージ上でも、ひかりに厳しい視線が飛んでいた。

他のプレミアメンバーたちが腰に手を当てて、ひかりを見ている。

彼女たちもひかりに劣らず、ステージに命をかけてきた者たちであった。

「すみません……!」

ひかりはショックを受け、泣きそうになっていた。大事な舞台にとんでもない穴をあけてしまっている。自分の動きを研ぎ澄ますことだけに気を取られ、他のメンバーとのシンクロがおろそかになったのだ。せっかくのチャンスが目の前で消えていこうとしている。昼も夜も、人知れず重ねたレッスンも、すべてが無駄になる——。

謝罪と絶望がひかりの中でない混ぜになった。

「うっ。うう……」

ひかりが両手で顔を覆ったとき、突然、客席から野太い声が飛んだ。

「ひっかり～ん！」

ひかりが指の隙間から客席を見ると、静寂の中宗春が大声を上げていた。ひかりの応援ダンスを器用に踊っている。

「嘘……！　殿さま？」

ひかりは目をみはった。ちょんまげ姿で踊る宗春の姿はいやがおうにも目立つ。

「L・O・V・E　ウィーラブひかり！」

宗春は叫び、踊り続けた。

「殿……！」

すずが驚いた様子で見つめたが、やがて一緒になってダンスを始めた。

まわりの客が啞然としている。

江戸時代から抜け出てきたような――実際に抜け出てきたのだが――殿さまと、セーラー服の女子高生が、きっちりシンクロして踊っていれば無理もない。

「お主ら！」

呆然と見つめていたひかりの親衛隊に向かって、宗春の声が飛んだ。

「早《はよ》う踊れ！　お主らの姫を救わぬか！」

「あ……。はい！」

親衛隊たちもあわててひかりへの応援を始めた。

数は少なくとも、彼らの魂は純粋である。その全力の声と熱意はステージにいるひかりの元へもしっかりと届いた。

「みんな……！」

ひかりの足が震える。

立てと言っていた。声のかたまりが、ひかりに勇気を与えていた。

そして宗春の持ったサイリウムが暗闇に『愛』という字を描いた。

『愛に敵なし』とは宗春の言葉である。

「みんな！」

ひかりは立ち上がった。マイクを拾って再び歌い出す。音楽もない中、ひかりの歌声が会場に響いた。

音程は少しも外れない。それはひかりが何千回も練習した歌だった。

ひかりが大丈夫だと見たスタッフたちが動き、ふたたび演奏をつける。華やかな旋律がフェイドインしてきた。

プレミアのメンバーたちは、厳しい顔ながらも、ひかりを認めたように頷き、ふたたび踊り始めた。

コーラスが蘇り、ファンたちの大声援がホールに響く。

ひかりが笑った。大きな流れに包まれている。

彼女はもう、一人ではなかった。


客席では、宗春もリズムに乗り、心地よく体を揺らした。

「すず、やはり祭りはよいのう。これほど楽しいものはない！」

「はい！」

すずが笑顔で頷く。

「殿、ありがとうございます。殿のおかげでひかりが立ち直れました！」

「なに、ひかりの普段の修行あればこそよ。ま、しかし時に人は運悪くつまずくときもある。そんなときは、まわりがそっと手を貸してやればよいのじゃ」

「殿……」

このとき初めて、すずが尊敬の目で宗春を見つめた。


やがてライブは終わり、外で出待ちをしていると、ひかりが出てきた。

「あ、すず！　殿さまも！」

声が弾んでいる。

「ひかり、お疲れ！」

すずとひかりは走りより、二人でしっかりと抱き合った。

そんな二人を親衛隊がおずおずと見つめていた。

ひかりはそれに気づき、すずと離れると、しっかりと親衛隊のほうを見た。

「みんな、ありがとう！」

天使のような笑顔がこぼれた。

「おお、ひかりん……」

「ここでまさかの神対応……！」

　このところ、しょっぱい対応ばかりだったひかりが今、生まれたての赤子のような愛くるしい笑顔を親衛隊に向けていた。

「応援、うれしかったよ！」

　ひかりが胸の前で両手を重ねる。

「も、も、萌《も》え〜！」

「こっちが元気もらってるよ！」

「ずっと応援するから！　失敗してもくじけないで、ひかりん！」

「うん！　私、あきらめないから！」

　ひかりは笑顔で答え、宗春のほうを向いた。

「あの……。殿さまのおかげでまた唄うことができました」

「なんの。皆のおかげじゃ」

　ひかりの後ろにいた親衛隊たちがみな、ドヤ顔をする。

「これが愛なんですね」

「さよう。無敵であっただろう？」

　宗春は微笑んだ。

「気づいておるか、ひかり。お主はもう見事に変わったのじゃ。皆の愛を受け、しっかりと光り輝いておるぞ」

「……殿さま！」

ひかりが宗春の胸に飛び込んできた。

「ひかり！」

宗春は腕を大きく広げた。

しかし、宗春が柔らかい感触を予想したその刹那——。

目の前の風景がぼやけ、暗くなった。

五

「む!?　ここは……」

宗春は目をしばたたいた。両腕には何やらゴツゴツした感触がある。

「と、殿！　何をなさいます！」

視界がはっきりすると、腕の中にいたのは男の脂の匂いがする織部だった。

「織部！　なぜ入れ替わっておる!?」

「いえ、急に現れたと思ったらいきなり抱きついてきて……」

織部が少し頬を染めた。何やら少し喘《あえ》いでいる気さえする。

宗春はさっと離れた。

「ひかり、どこへ行ったのじゃ……」

見回したが、そこはいつもの名古屋城の居室だった。宗春はがっかりした。あの絶世の美女を抱きしめられると思ったのに――。

「殿、いったいどこへ消えていたのです」

織部がどこか拗《す》ねるように睨《にら》んだ。

「わしにもわからん。煙草を吸ったとたん、急に何もわからなくなってのう。気がついたら三百年後の尾張にいたのじゃ」

宗春は腕を組んだ。

その脇では煙管の煙草が燃え尽きている。

「なにを馬鹿なことを。おつとめされたくないからといって、乱心されたふりですか？」

「そうではない。くそ、あれは夢だったのか……。確かにどこかの異境へ行ったのだが……」

言ったとたん、宗春の懐からサイリウムがぽとりと落ちた。

「おお、見よ！　これは確かにあそこにいた証《あか》しじゃ！」

「なんですか、それは？」

「これが光るのじゃ」

宗春はサイリウムを打ち振った。しかし、それはすでに光る力を失っていた。

「ただのごみではないのですか？」

織部が言ったが、宗春の脳裏には三百年後の尾張の風景が鮮明に蘇ってきた。あのような賑わいがあれば、尾張も変わるのではないか――。

「織部、尾張の民の困窮を救う策を思いついたぞ！」

宗春は立ち上がった。

「えっ、急にどうされたのです」

「祭りじゃ。芸能は庶民の栄養ぞ！　祭りを解禁し、芝居小屋も打ち建て、民の元気を取り戻すのじゃ！」

＊

宗春の号令によって祭りは復活し、尾張には多くの芝居小屋が建てられた。神輿《みこし》には目新しいからくりの仕掛けがつけられ、庶民を大いに喜ばせた。民に潤いが戻ると、町も賑わいを取り戻した。

さらに宗春は未来の尾張で見た街灯を参考にして、夜道にも明々と火を灯《とも》した。これにより、女子供も安全に夜の町を歩けるようになった。

宗春は名古屋城で落ち着くと、筆を取り、未来の様子を絵に描き記した。

それは人々がサイリウムを打ち振っている姿であった。その浮世絵は後に、すずが手にすることになるものであるのだが――。

尚、このとき宗春は、後に〈温知政要《おんちせいよう》〉と言われ後世まで残る人の生き方の指針を、書き始めた。

一、愛に敵なし

一、芸能は庶民の栄養

このときが宗春の壮大な尾張改革の始まりであった。

殿と熟女

一

「あれは良き祭りじゃったのう……」

名古屋城天守閣の居室で宗春は深々とため息をついた。激しい音楽とともに客が一体となって踊る。

(もう一度、三百年後の尾張に行ってみたい)

痛切に思った。思い返せば飯もうまかったし、町は物珍しく、あのこまっしゃくれたすずにもまた会いたかった。

だがあのとき以来、何も起こらない。あれはやはりただの夢だったのか――。

そんなことを考えつつ、一人たそがれていると、

「殿！　大変でございます」

と、星野織部が血相を変えて居室に入ってきた。

「またか。いつも騒がしいのう、お主は。尾張のことなら、祭や芝居を奨励し、金がまわって財政もよくなった。町を歩くと民の顔も明るいであろう？」

「それが……。そのことで上さまより書状が届いておるのです」

織部が深刻な表情で文《ふみ》を渡した。

「吉宗さまから？　いったい何用じゃ」

宗春は書状を開いた。

「ふむ。『近ごろ、尾張はとみに栄えていると聞くが、それは宗春殿の政がよいからに違いない。ひとつ、日の本すべてに活気をもたらす手はないか考えてもらいたい』か……。なんじゃこれは？」

「どうやら尾張が賑わっているという噂《うわさ》が江戸まで届いたようでございますな」

「ほう……」

宗春は将軍の耳の早さに驚いた。しかし考えてみれば、目安箱を設け、いち早く民の声を聞き始めたのも吉宗である。尾張の家中には幕府から派遣された付家老もいることだし、宗春の噂はすぐに伝わるのかもしれない。

「面白いのう。それで新しい手を聞きたいということか。吉宗様も倹約令が厳しすぎるとおわかりになったのかもしれぬ」

宗春は微笑んだ。遊び好きの宗春にとって、倹約令などつまらなくてたまらない。庶民もまた同じ気持ちであろう。

「殿、そのようなこと、大きな声で言われましては……。このたびのことも罠《わな》かもしれませんぞ」

「罠？」

「殿を浮かれさせ、大きなしくじりをさせようとしているのかもしれませぬ」

「馬鹿を申せ。あの吉宗さまにかぎってそんなことをするはずがない。お主も存じておろう。わしはかつて吉宗さまの御家門衆であったのだぞ」

宗春は、吉宗から何度も鷹狩りの褒美の獲物を手ずから受け取ったのを思い起こした。他の取りまきの家臣たちは嫉妬したものだ。

「しかし、立場が変われば人も変わりまする。江戸城の老中も目を光らせておりますゆえ」

「ふん。老中の罠なら、わしは虎となって嚙《か》み破ってみせる。民を笑顔にしてなぜ悪い？」

「ですが殿……」

「吉宗様は心の広いお方。きっとわかってくださるはずじゃ。ご政道をあらためていただくためにも、こたびはよい考えを献策せねばならぬ」

宗春はきっぱりと言った。

しかし妙案がまったく浮かばない。

(日の本すべてを元気づける策などあるのだろうか)

宗春は沈思《ちんし》し、おもむろに南蛮渡来の煙草に火をつけた。長崎の出島のカピタン由来のものである。

「殿、それはあまり吸われぬほうが……」

織部が不安そうに言った。先日もこの煙草を吸ってから宗春が乱心気味になったのを心配してくれているらしい。

「なんの。せっかく吉宗さまから頂いたのだから……」

煙が肺に溜《た》まったとたん、宗春の視界が揺れ、急に暗くなった。

「おっ？　おおお〜っ！」

二

「どこじゃ、ここは……」

宗春が目を覚ますと、異様な匂いがした。長く倒れていたのか、頰が冷たい。どうやら石室のようなところにいるようである。

「誰か、誰かおらぬか！」

半身を起こし、呼んでみたが返事はない。もしかすると、また異境に来てしまったのか。

四方を見まわすと、一面だけ明るいところがあった。

そちらを見ると、三歳くらいの女の子がいた。青い服を着て、黄色い帽子をかぶっている。

「これ、子供。ここはどこじゃ？」

「あれ？　しゃべった。先生〜！」

女の子がちょこまかと駆けていった。

「おい、ちょっと待て」

声をかけたが止まらず駆けていく。かすかに痛む頭を押さえつつ立ち上がると、女の子はすぐ大人の女の手を引いて戻って来た。

「ほんとだよ、先生！　しゃべったんだよ」

女の子が興奮して話している。

「へえ、のんちゃんは想像力が豊かなのね」

微笑んだ女が宗春のほうを見て、目をむいた。

唇が丸い形に広がる。

「そなた。すまぬがここから出してくれぬか」

「きゃあああっ！」

女は絶叫して、子供を抱え上げて走って行った。女とは思えない速さである。

「これ、待たぬか！」

宗春は追おうとしたが鉄の棒に阻まれた。どうやらここは檻《おり》らしい。振り返って目をこらすと、檻の隅には猫がいた。

「大きな猫じゃのう。誰かに飼われておるのか？」

宗春がよく見ようと近づいていったとき、

「殿！」

声が聞こえた。振り返ると、すずが檻に張りついていた。その目が皿のように開いている。

「おお、すずではないか。やはりここは三百年後の尾張か？」

宗春は目を細めた。またあの異境に来られたのだ。

「大変です、殿！」

「はっはっは、さすがは織部の子孫よ。言うことまでそっくりじゃ。それより見よ、この猫を。大きいのう。縞《しま》模様も実に見事な……」

「殿、それは虎です！　早く逃げてください！」

「なに……？　虎じゃと？」

宗春がゆっくり振り向くと、虎の鼻息が手にかかった。足音も立てず、いつの間に近づいたのか。

宗春が虎を見たのはそのときが初めてだった。三百年前、虎はまず日本にいない。朝鮮出兵した加藤清正《かとうきよまさ》が大陸で目撃したくらいである。宗春は城の金屏風《きんびょうぶ》でしか見たことがない。

しかし、虎がどう猛な獣で、人を食うことは知っていた。

「す、すず、なんとかせよ！」

「はい！」

すずは走った。近くの改装中の場所に立ち入り禁止のロープが張ってある。それを取って来ようというのであろう。

宗春はすずを待ちながら、虎に向かって言った。

「これ、虎。わしは徳川宗春じゃ。尾張の民のため、今は食われるわけにいかぬ」

「ガルル……」

虎は訝《いぶか》しそうに唸った。人からこんなに真剣に話しかけられるのは初めてであったのだろう。

「虎よ。もしわしを助けてくれればきっと礼をしよう」

宗春が約束したとき、ようやくすずが走ってきた。

「殿、これを！」

すずがロープを投げた。柵の上を越え、ぱらりと垂れる。

「よし！」

宗春はロープをつかんで柵を登り始めた。二丈（約六メートル）はあったが、なんとか柵を越える。

足下で虎の鳴き声が聞こえた。

「助かったぞ、すず」

「なんでこんな所にいるんですか！　危ないところに入らないでください」

「仕方がないであろう。目覚めたらここにいたのじゃ。しかしすず、わしがここに来ることがよくわかったのう」

「ご先祖さまからの言い伝えの書がありますから……。しかし詳しい場所まではわからなくて、焦りましたけどね」

すずがハンカチで汗を拭いた。セーラー服の短いスカートが風にたなびいている。

宗春は少しときめいた。

「お主、いつも同じ服を着ておるが、貧しいのか？　ひとつ新しい着物を買うてやろう」

「これは制服ですってば！　この時代の女子高生は、毎日これを着るように定められているんです。別に貧乏じゃないですよ」

すずが頬を膨らませていった。

「ふむ。囚人のようじゃのう」

「もう。失礼ね」

すずがぷんぷんして言った。

「すず、ひとつ願いがある」

「なんですか？」

「虎の好物を教えてくれ」

「好物？　そりゃお肉じゃないですか。肉食ですし」

「肉を食うのか。魚はどうじゃ」

「聞いたことないですけど……。でもなんでそんなことを聞くんですか？」

「さきほど、わしを助けてくれたら礼をすると虎に言ったのじゃ。何かやりたい」

「やだ、殿って律儀なんですね」

すずが笑った。

「でも動物園で出す餌《えさ》以外を食べたら体調悪くなりますよ。だいいちたっぷり食べてますしね」

「動物園？」

「昔で言うなら……ええと、獣？　世界中の珍しい獣をあつめた庭園です。ご案内しましょうか？」

「珍しい獣じゃと？　おもしろい！」

宗春は嬉しくなった。

「すず、こたびもよろしく頼むぞ」

「もう檻の中には入らないでくださいね」

すずが笑って前を歩き始めた。結った髪がぴょんぴょんと揺れる。

三

「すず、見よ！　熊じゃ。白い熊がおるぞ！　大きいのう」

宗春は北極熊を見て歓声を上げた。白熊はしぶきを上げてプールに飛び込み、楽しそうに泳いでいる。

「殿。子供みたい……」

すずが苦笑いした。

「まさかこの世にこんなに多くの獣がいるとはのう」

「殿。今ここで一番人気があるのはシャバーニなんですよ」

すずが言った。

「シャバーニ？」

「こっちです。私も見たいし！」

すずがどこか嬉しそうに宗春を先導した。

少し歩くと、その場所にたどり着いた。

人気になっているらしく、人々が集まっている。

「あれがシャバーニか？」

宗春が柵の中の大きな猿を指さして聞いた。

「いえ、もっと大きいんですけど……。あ、出てきた！」

ひときわ大きな猿が厩舎《きゅうしゃ》から出てきた。柵のまわりですずなりになった客をゆったりと見回す。

「おお……、なんという大きな猿じゃ」

「あれはゴリラっていう動物なんですけど、シャバーニっていう愛称がついてるんです。イケメン……つまり、恰好いいでしょ？」

「ふむ。確かに人のような顔をして凛々《りり》しいのう……。おっ⁉」

宗春は、柵のそばでシャバーニを熱く見つめている美しい女に目をとめた。

年のころはもう三十を超えていそうだが、色白の肌に、長い黒髪がかかっているのが艶《なま》めかしい。部屋住みのころは吉原や品川《しながわ》でさんざん遊んだ宗春だけに、女を見る目は肥えている。

美女はシャバーニを見つめつつ、物思いにふけっているようだった。

（あの女、まさか獣に惚れておるのか）

にわかには信じがたい。しかしまわりを見回してみると、客は女ばかりである。

「殿、どこ見てるんですか！」

宗春の視線を追っていたすずが非難まじりの声を上げた。

「いや、もったいないと思うてな」

宗春が言ったとき、目の前を子供が走り抜けた。その手には画用紙とパレット、そして絵の具のバケツを持っている。

子供は、シャバーニに気を取られた瞬間、石にけつまづいて、バケツを放り出した。にごった水が宙に舞う。

「いかん！」

宗春は美女に向かって跳んだ。

「えっ!?」

「ぬおっ！」

「殿！」

すずが悲鳴を上げた。

美女をかばった宗春の背中が色水にまみれていた。

「大事ないか?」

「あなたこそ……」

顔を上げた女の目に驚きの色が浮かんだ。助けたのが着物姿の宗春だったからである。

「無事でよかった」

宗春は微笑んだ。

「うわあ、ごめんなさい!」

子供が泣き出した。

「大事ない。元気があるのはいいことじゃ」

宗春は子供の頭を撫でた。


トイレで服を着替えて出てきた宗春を見て、すずが口を押さえた。

「どうした、すず」

「いえ、別に……」

すずは顔を背《そむ》けたが、その肩が震えている。

「どうしたのじゃ。なにかおかしいか？」

汚れた着物を脱ぎ、苦労してTシャツなる衣服を着たというのに、笑うとは何ごとだろうか。

「いえ、おかしくはないんです。ただデザインが……」

「デザイン？」

宗春は首を傾《かし》げた。

Tシャツには象の絵が描かれている。すずはそれがおかしかったらしい。

「しかし、なんとも頼りない恰好じゃのう」

「着物は園で洗ってもらってるところです。しばらく我慢して下さい」

「なんじゃこの獣は？」

宗春がTシャツの前を見て言った。

「象です。ここで一番大きい動物ですよ。見に行きますか？」

「うむ」

宗春が頷いたとき、先ほどの美女がおずおずと近寄ってきた。

「あの……、どうもありがとうございました」

美女が頭を下げた。

「おお。無事でよかったのう」

宗春は笑った。自分はみじめな恰好となったが、この美しい女が被害にあって困るよりははるかにいい。

「あの、何かのアトラクションの方ですか？」

女は聞いた。宗春の恰好がやはり気になっているのだろう。

すずが助け船を出した。

「あの、殿は名古屋城のおもてなし武将隊で、今日は動物園に出張してるんです。私はその、ええとマネージャーで……」

「そうなんですか。すみませんでした、私のせいで」

「わしは徳川宗春じゃ。おなごを守るは男子のつとめよ。気にせずともよい」

「私、小池恭子《こいけきょうこ》と言います。このままじゃ悪いわ。何かお礼をさせてください」

恭子が宗春を色っぽい目で見た。長いまつげ、ほっそりしているのに豊かな胸元、ややかすれたような声から、色香があふれ出ている。

（ふおおおっ！）

宗春の全身に稲妻が走った。

「そこまで言うてくれるとは奥ゆかしい。ならば今日一日、わしにつきあってくれぬか」

宗春は熱っぽく恭子を見つめた。

「えっ、私と？」

「そなたのような見目麗《みめうるわ》しいおなごとすごすのは、男にとって何よりの愉楽《ゆらく》よ」

「そんな……」

恭子の目が潤いを帯びた。

宗春は目をそらさない。

「いいですよ、私でよければ」

恭子がにっこりして言った。

「決まったな」

宗春は恭子と身を寄せて歩き出した。

「えっ？　これってもしかしてナンパ？」

すずが目を丸くした。江戸時代の人間が、まさか現代人を口説けるとは思わなかったらしい。

「すず、もう帰ってもよいぞ」

宗春が手を振って言った。

「嘘でしょ！」

すずが呆然とした。

四

「これが象か！　大きいのう……」

宗春は柵の中をゆったりと歩いている象を見つめた。

恭子はそんな宗春を面白そうにずっと見ている。

「しかし大きなわりには草しか食わんのか」

宗春は小学生向けの説明書きを見て言った。かわいい象の絵で図解されている。

「宗春さんはもしかして象を見るのは初めて？」

「それは……、まあいろいろあってのう。初めてじゃ。一度乗ってみたいものよ」

「おかしな人……」

恭子がくすくす笑った。

「どうやら子供たちにも人気があるようじゃな」

宗春は柵に張りついている子供たちをながめた。子供はやはり笑っているのがいい。

「あの、宗春さんはおいくつなんですか？」

「ふむ。この世では三百歳ほどか……」

「やだ、デーモン閣下みたい！」

「駄右衛門《だえもん》？　誰じゃそれは」

宗春は首をかしげた。

「いやだ、宗春さんってほんとに、武将になりきってるんですね」

寄り添ってさまざまな動物をながめながら歩いていると、やがて終園のアナウンスが流れてきた。

「あの、よかったらこのあと食事に行きませんか?」

恭子が言った。宗春の明るさに打ちとけてきている様子だった。

「飯か。よいな!」

むろん宗春は断るはずもない。

(今も昔もおなごはよいものよ。今宵は楽しくなりそうじゃ)

期待に胸をはずませ、恭子の美しい後ろ姿を見つめながら、宗春は動物園を出た。

「さ、乗ってください。この車です」

恭子は赤いスポーツカーに近寄ると、リモコンキーでドアを開け、長くてきれいな脚を折りたたみ、運転席に乗り込んだ。

「車? 輿《こし》のようなものか?」

宗春はスポーツカーを見つめた。大八車のような車輪がついている箱である。外側を触ってみると木ではなく、鎧のような感触がした。

「どうしたの、殿さま?」

恭子が助手席のほうに身を乗り出し、宗春の前のドアを開ける。

宗春はおそるおそる乗り込んだ。シートは柔らかく、乗り心地がいい。大名駕籠といえど、これにはかなわないだろう。

恭子のほうを見ると、座ったためかスカートが短くなり、長い脚がのぞいている。

宗春がもっと近くで見ようしたとき、

「シートベルトを着用して下さい」

と、声が聞こえた。

「誰じゃ！」

宗春は身構えたが、恭子が「機械の声だから」と笑って車を出した。どうやら目の前の小さなモニターから声が出ているらしい。

（テレビといい、車といい、とんでもないからくりばかりじゃ。我が尾張にもこのようなからくりがあればのう）

宗春はこの時代の繁栄に感心するばかりであった。

恭子が宗春をいざなったのは、おしゃれなダイニングバーだった。

ボーイが宗春の恰好を見て目をむいたものの、無言で席に案内した。

やがて肉厚のステーキが運ばれてきた。切り分けられたそれを口に運ぶと、あまりにも美味で、宗春は思わずウエイターにたずねた。

「うまいな。これはなんじゃ？」

「フィレでございます」

「ひれ？　魚なのか？」

「い、いえ、牛の肉でございまして……」

「ほう。これは牛か」

宗春は一瞬戸惑った。宗春の時代では鳥や魚は食しても、牛や豚はまず食べない。

「もしかしてお口に合いませんでした？」

恭子が少し眉を寄せて聞いた。眉を寄せた姿すらセクシーである。

「いや、食べるとも」

宗春は微笑んだ。たとえ前例がなくても合理的であれば柔軟に取り入れるのが宗春のやり方である。

「よかった」

恭子がことさら嬉しそうに微笑んだ。

「ん？　どうした」

「最近は草食の男子が多いから」

「草食？　馬や象のことか」

たずねると恭子は笑った。

「違います。つまりね、最近の男は女をぐいぐい引っ張ってくれないというか。見ているだけで言い寄って来ないの……」

「ほう。そなたのような美しい女子《おなご》を見ても手を出さぬというのか」

宗春は唖然とした。それでは生きている意味がないではないか──。

「そんなこと言ってくれるの、宗春さまだけよ」

恭子が宗春のグラスに赤ワインを注いだ。

宗春は一気に飲み干す。

「ふう……。うまい。ぶどう酒か」

「強いのね、お殿さま」

「なんのこれしき。そこの茶坊主。もう一杯じゃ」

宗春はいい心持ちになってウエイターに言った。

「ちゃ、茶坊主!?」

「同じボトルをお願い」

恭子が柔らかく微笑んだ。

「かしこまりました」

気を取り直したらしいウエイターも微笑みを返す。

しかしウエイターが去ると、恭子は小さなため息をついた。

「どうした。覇気がないのう」

宗春が箸を止めて聞いた。

「そう見える?」

恭子がわずかに首をかたむけて聞く。

「わしにはわかるぞ。男の悩みじゃな?」

恭子は返事をせず、少し自嘲気味に笑うと、ワインをぐいっと飲んだ。

「結婚しちゃえばよかったな~」

おどけたようにつぶやいて熱い息を吐く。

「ん？」

「相手は会社の同僚でね。一緒にいた頃はそんなに好きだなんて思ってなかったんだけど、いなくなってみたら急に寂しくなって」

「大事なものは失くして初めて気づくこともあるからのう」

「ほんとね。私のことを好きでいてくれるのが当たり前だってずっと思ってた」

恭子の声が震えた。

「その男とは長かったのか？」

「五年……、かな」

恭子がスマホのアルバムアプリを開いて見つめた。

そこには恭子と元恋人のツーショットがある。

恭子はそれを見てしまったためか、さらにワインをあおった。

「彼だけだったわ。なんでも言えて、素のままの自分でいられて。私、いったい何を見てたんだろう……」

「すぐ夫婦《めおと》になる気はなかったのか」

「まだ遊んでいたかったしね。もっといい人が現れる気もしたの。実家が居心地いいというのもあったわ。母とも姉妹みたいで、なんの不足もなかったから」

「ふむ。今ひとつ足りなかったのか」

恭子が頷いた。

「でもね、三十になったら友達の半分は結婚してたの。ご祝儀ばっかり出て行って、おめでとうおめでとうって。けど焦りだしたときにはもうダメだった。いい人はみんなもう誰かいるしね。すごいのよ、わかっている子はもう十代からしっかり男を探しているんだから。私は甘かった。男の人ももうがつがつしてないしね。調子に乗って男の人をバカにしたり、女子会ばかりやってたら、男は本当に弱くなっちゃった。アニメの女の子ばかりかわいがってね。勇気を出して言い寄ってくる人なんてもういないのよ」

「ややこしい世の中じゃのう……。つきあっていた男とはどうなったのじゃ」

「他に若い女ができてそれっきり……。そりゃそうよね。いつもはぐらかしてばかりで。バカね、私」

恭子はワインを飲み干し、いつの間にか目を潤ませていた。

宗春は肩にそっと手を回した。思ったより細い肩だった。

「私、飲み過ぎたみたい、ちょっとお手洗いに……」

恭子が席を立った。

（これはわしが慰めてやるしかあるまい）

二人ともすっかり酔いがまわっている。恋を失ったときは、新しい恋を始め、昔を忘れるのが常道であろう。

宗春が恭子を慰める手はずを考え、いろいろと妄想し始めたとき、甲高《かんだか》い声がした。

「殿」

「うわっ！」

いつのまにか目の前にすずが立っていた。両腰に手をあてている。

「殿！　現代を勝手にうろうろしないでください！」

「お、お主、もう帰ったのではなかったのか」

「そんなことするわけないじゃないですか！　ご先祖様からきつく言われているんです。殿が未来で怪我《けが》をしたり、悪い虫がついたりしないようにって。殿になにかあったら三百年前の尾張はどうなるんですか!?」

「織部め、よけいなことを……。せっかく未来に来たというのに、とんだ目付がいたものじゃ」

「目付で悪かったですね!」

すずがべーっと舌を出した。

「そうじゃ、すず。実は一つ、懸念があるのじゃが……」

「なんですか?」

「わしはイケメンか?」

「ええっ!」

すずの目が丸くなった。

「なんで急にそんなこと聞くんですか」

「いや、先日もあの踊り子に袖にされたしのう。時代によって好みも変わろう」

「もしかして、自信なくしてます?」

すずがいたずらっぽく笑った。

「そんなことはない!」

「まあまあ殿。別にイケメンだからってモテるわけでもないんですよ、現代は」

「そうなのか？　あのゴリラの元にもたくさんおなごがいたではないか」

「あれは鑑賞用です。つきあうのとは違うと思いますよ」

すずが訳知り顔で言った。

「そうか……。しかし、すず。わしはあの女が欲しい」

「そんなことあからさまに言わないでください！」

すずの顔が少し赤くなった。

「欲しい者を欲しいと言ってなぜ悪いのじゃ」

宗春は大真面目《まじめ》であった。

「わー、殿ってば肉食系ですね。いまどき珍しいですけど……」

「わしは今日初めて肉を食うたばかりじゃぞ」

「はいはい、もうややこしいです。とにかく、着物は洗い終わりましたよ」

すずは手に持っていた紙袋をバフンと押しつけた。

「おおっ、やっと返ってきたか。でかした」

宗春は紙袋を受け取った。さすがにTシャツでは身が引き締まらない。武士たる者、やはり着物を着、帯を締めねばならぬ。

「よし、着替えるぞ」

宗春は服を脱ぎ始めた。

「ああっ、殿！　あっちで着替えてください！」

すずがあわてて宗春を男子トイレのほうに押して行った。

「こんなところで裸になったら逮捕されますって」

「堅苦しいのう……」

しぶしぶトイレの個室に入った宗春は着物を台に置き、半裸になった。

「ついでに用を足すとするか」

宗春は洋式の便座に腰を掛けた。フイーンと何かの音がする。

「なんとも落ち着かぬのう……。しかし腰を掛けて用を足せるとは楽じゃ。足がしびれぬ」

なんでも研究するのが好きな宗春が、まわりを見まわした。

「む？　これは……」

宗春は壁のウォシュレットのボタンを見つめた。

「なんのからくりじゃ？」

宗春はお尻の絵が描かれたボタンを何気なく押した。するとそのとたん、尻に鋭い衝撃が吹きつけた。

「むおっ！」

慌てて立ち上がった宗春を追いかけるように水流が飛び、その背中を濡らした。

「無礼者！」

振り返った宗春の顔にも水流が吹きつける。

「忍びか!?」

叫んだとたん、ようやくセンサーが働いて水流は止まった。

「恐ろしいのう……。この時代では外で用を足したほうがいいようじゃな」

宗春はそばにあった巻物のような紙で体を拭くと、着物を着込んだ。

宗春と恭子は店を出ると、夜の街を歩いた。酔った顔にあたる風が気持ちいい。

やがて夜景の中に光の塊が見えてきた。

「おお……、これは船ではないか。光の船じゃ！」

宗春が声を上げた。

「宗春さま、ここはオアシス21っていうんですよ」

「これには乗れるのか？」

「ええ、行きましょう」

二人はエレベーターで上に昇った。

すずがそれを見ながら、階段で駆け上がる。

「もう殿ったら、夜遊びばっかり！」

すずが頬を膨らませた。

しかしご先祖さまから時を超えた言いつけを受けているからには、なんとしても使命を果たさねばならない。

オアシス21の二階の広場に上がると、やはりそこは船のようであった。

「美しいのう」

江戸湾で何度か御座船《ござぶね》を見たことがあるが、それに似ている。しかしガラス張りのような造りは初めて見るものだ。金魚鉢を大きくしたようなものであろうか。

しかし横を歩く恭子の足は乱れていた。

「大事ないか」

「ええ。飲み過ぎたみたいだけど、夜風にあたったら、だいぶましになったわ」

「それ、そこに腰掛けよう」

宗春は恭子をベンチにいざなった。

空を見上げてみるが星はない。

(逆じゃのう)

宗春の時代は空にたくさんの星が見えていた。しかし三百年後の尾張では、空から星が消えていた。しかし逆に、地上には街の光があふれ、夜の底が星空のようにも見える。

恭子も隣で黙って街の光をながめていた。きっとこの街を昔の男と何度も歩いたのだろう。その面影からは官能的な艶めきが消え、少女のような素顔がのぞいていた。

(本気だったのじゃな)

そう思うと、宗春の下心もいつしか消えてしまった。

「わしにも、忘れられぬ女がおってな」

宗春がぽつりと言った。

「えっ、あなたも?」

「うむ。江戸にいた頃、さる高貴なお方がわしの屋敷に滞在されることになってのう」

「やだ、ほんとうにお殿様なの……?」

恭子が宗春にもたれかかり、頭を肩にのせた。

「その方と話すのはほんとうに楽しかった。まるで会ったときから十年来の知己《ちき》のようでな。しかし、わしは部屋住みで、先が見えなかった。今でこそ藩主となったが、その頃はただのごくつぶしよ。自信がなかったのじゃ。そして想いを告げようとして告げられぬうちに、その人は病で死んでしもうた……。思えばあれがわしの初めての恋であったわ。それ以来、わしは正室は取らぬと決めた」

胸の奥にしまってあった女の面影が浮かんでくる。せめてひと言伝えていたら、結ばれずとも何かがあったかもしれない。しかし今となってはもはや会う手段もない。

「そうだったの……」

恭子が宗春の手に手を重ねた。

「一日でよい。あの方と会えたら、全てを捨ててもな。しかしもう会えぬ。あの声も聞こえぬし、顔も見られぬ。……じゃが、そなたの想い人はまだ生きているのであろう？　今からでも遅くない。もう一度一緒になってくれと言いに行くのじゃ」

「ううん、もう遅いの」

恭子は何もかもあきらめたように笑った。

「なぜじゃ」

「今日、彼は結婚したの」

「なんと……」

「同僚はみんな結婚式に行ったけど、私は行けなかった。そんなところに行って私、どうしたらいいの……」

恭子の目から涙が一粒こぼれた。

宗春は恭子の手を握った。

「ならば、そなたがやることは決まっておる」

「えっ？」

恭子が涙に濡れた顔を上げた。

「その男を祝ってやれ」

地上の星の海を見つつ、宗春が言った。

「祝う？」

「うむ。大事なのは、大きな愛と広い寛容の心じゃ。自らの思いは潔く捨て、幸せに暮らせとその男に言うてやれ」

「そんなに……、そんなに簡単に行くわけないじゃない！」

恭子が叫んだ。ずっと哀《かな》しみをこらえていたのだろう。

「むろん、たやすいことではない。だが、大きな愛で慈しみ、寛容の心で忍ぶのじゃ。忍ぶからこそ人は美しい。そなたならできる。大きな愛は無敵じゃ。本当はもう、終わったことがわかっておるのじゃろう？」

恭子が力なく頷いた。

宗春は恭子の肩を抱いた。

（未練じゃのう。しかし惚れておったからこそ、未練も大きい）

「よいか。泣いてはならぬ。笑顔で祝ってやれ」

宗春が言ったとき恭子のスマホが鳴った。

恭子が出ると、酔っ払ったような声が漏れ聞こえてきた。

「あっ、恭子ちゃん!? 今日、なんで式に来られなかったの？ 風邪でもひいた？」

「……うん、ちょっとね。体調悪くて」

恭子がぼそぼそと言った。相手はどうやら結婚式に呼ばれている会社の同僚らしい。

「あ、今、幸せいっぱいのやつに代わるね！」

男が脳天気な声で言うと、誰かに代わった。

「もしもし？」

別の男の声がする。

その瞬間、恭子の体が固まった。

（例の男か）

宗春は直感した。

「もしもーし？　誰？」

「もしもし……」

恭子が小さな声で答えた。

「あっ！　恭子……さん？」

「……。ごめんね、今日は行けなくて」

「う、うん、いいんだ」

恭子は助けを請うように宗春を見た。

宗春は頷いた。

「……結婚、おめでとう」

恭子が声を絞り出した。

「ありがとう」

男の声が答える。

「私、あなたといたとき、ずっと楽しかった。あなたならきっと奥さんを幸せにできるわ」

恭子は話しながら立ち上がり、オアシス21の先端まで歩いて行った。

まるでその先に昔の恋人がいるという風に。

「本当は自信ないけど。でも頑張るよ」

男の声が風に乗って聞こえる。

目の前にあるテレビ塔のライティングがふっと消えた。

もう夜も遅い。

恭子は無理に笑顔を作った。

「お幸せにね」

「うん。恭子さんも」

その声を最後に恭子は電話を切った。

「終わっちゃった」

恭子は小さく笑ったが、うっと口に手を当ててよろけた。オアシス21の先端から落ちそうになる。

「恭子！」

叫んで走り寄った宗春が、間一髪で抱き止めた。

「宗春さま……。私、私……」

涙があふれ、言葉にならなかった。

「よう言うた、よう言うた！　見事であったぞ」

「もう本当に一人きりだわ。誰も私なんか……」

「わしがおる！　今日一日つきおうてくれと言うたであろう」

恭子が宗春の腕の中で向き直った。

「私なんか、もうおばちゃんよ」

「そなたは美しい。勇気もあるではないか」

「だって……」

「年も結婚も考えずともよい。これからは何にも縛られず、好きになった者とおればよいではないか。愛に敵無しじゃ」

「愛……。私、もう一度誰かとやり直せるかしら？」

「ふふ、わしも確かに正室はおらぬ。しかし江戸には六人の側室がおったわ。何事も堅苦しく考えては息が詰まるものよ」

宗春が笑った。

「六人……？　ふふっ、春さますごいのね」

「やっと笑ったのう。やはりおなごは笑顔がよい」

「ばか。本気にするわよ」

恭子が微笑んだとき、ふと暖かい風が吹いた。

「あ、風……」

恭子が気持ちよさそうに手を広げた。黒髪が風になびき、いい匂いが広がる。

宗春が後ろからしっかりと恭子を抱いた。


「嘘、タイタニック!?」

そばで見張っていたすずが目を見張った。しかし宗春がちょんまげ姿なのでどうもしまらない。

「イケメンとかなんとかいう前に、まず髪型とファッションをなんとかしないとね、殿……」

すずが、やれやれといった様子で首を振った。

「恋する気持ちを思い出したみたい」

風に吹かれた恭子は気持ちよさそうに言った。

「我が胸に来い」

宗春は恭子を振り向かせると、唇を合わせようとした。

しかしその刹那、宗春の目の前が暗くなった。

「待て！　待ってくれ！」

宗春は思わず叫んだ。

（こんないいところで帰らねばならぬとは何事か！）

しかし目の前がかすみ、暗くなっていく。


「えっ、消えた!?」

恭子が大きくバランスを崩し、すずに抱き止められた。

「大丈夫ですか？」

すずが恭子を引き戻す。

「あの人は？　宗春さまはどこへ行ったの？」

「あの方は、時をかける殿ですから……」

「時をかける殿？　やっぱり夢だったのかしら」

つぶやくように言って恭子は崩れ落ちた。

「ちょ、ちょっと！　こんなとこで寝ないでくださいよ！」

すずの腕の中で、恭子はどこかすっきりした顔をして眠っていた。

五

「ぬおっ！」

宗春は目の前の無骨な顔を見て、慌てて顔をそむけ、唇をかわした。

元の時代に帰ってしまったらしい。

唇は織部の頬をかすめて畳に当たった。

「あっ、おやめください！」

織部がなぜか女言葉のようになって頬を赤らめた。男色の趣味でも出てきたのだろうか。

しかしすぐに恭子の面影を思い返し、

「くそっ、もう少しであったのに！　なぜいつもこうなるのじゃ！」

と、畳をたたいた。

煙管の煙草はすっかり燃え尽きている。

宗春が織部を引き離し、乱れた着衣を直そうとしたとき、象のTシャツを懐に入れたままだったことに気づいた。

「む、これは……」

宗春は象のプリントしたTシャツを見つめた。

未来の動物園で象を見たとき、子供たちは柵に張りつき、歓声を上げていた。初めて見た宗春も例外ではない。大きな獣を見るということだけで楽しいものなのだろう。

「織部、ひらめいたぞ！」

「何でございますか、殿？」

「象じゃ！　吉宗様への献策は、南蛮から象を呼び寄せることとしよう。象を見せてまわれば、日の本もきっと活気づくじゃろう。さっそく幕府に伝えよ」

「しかし日の本は鎖国しております。異国のものを入れてよいものでしょうか？」

「出島にカピタンがおろう。あやつに頼めばよい。何事もうるさくいいすぎてはいかぬ。規制などできるだけせぬほうがよいのじゃ」

＊

このあとすぐ徳川吉宗は、広南《カンナン》（ベトナム）から、象をつれてきて、長崎から江戸まで陸路で運ばせた。街道で象を見た庶民は大いに喜び、町々にかわら版が舞った。江戸においても浜離宮《はまりきゅう》で象は飼われ、それを見たい人々で押すな押すなの大盛況となり、大いに沸いた。見物人のために饅頭《まんじゅう》まで売り出されたという。

未来から戻った宗春は名古屋城天守閣の居室にて再び筆を取り、〈温知政要〉の続きを書いた。

一、大きな愛と広い寛容の心
一、規制は必要最小限でよい

だが、この考えは後に幕府との対立の火種となる。

しかし、このときの宗春にはまだ知るよしもなかった。

殿と金髪美人

「織部。城の女中たちじゃが、着物が地味なのではないか」

名古屋城の天守閣にある藩主の居室で、宗春はふと言った。

「はて。あまり地味とも思えませぬが」

織部が首をかしげた。

「みな同じような着物を着ておろう。つまらぬではないか」

「小袖や帯の模様が違うと思われまするが……」

「わしが言うておるのは形よ。もっとこう裾が短く、肩を出したり、胸をはだけたり……。なにか違う装いようがあろうが」

「しかし殿、そのような恰好では、みな風邪をひいてしまいます」

「ふん。それだからお主は遅れているというのだ。未来の世では、おなごたちがみな大胆に着飾っておったぞ」

「またそのような夢物語を……。ここ数日で、もう耳にたこができ申した。だいたい三百年後の世になど行けるはずもございませぬ。そのような夢を見られるのは、ただただ殿がおなごの艶やかな姿を見たいという望みの表れでございましょう」

「しかし現に未来で見てきた賑わいを尾張で試みてみれば、見事に栄えたではないか」

「好運な夢であったのでしょう。この織部には、まことに起こったこととはどうしても思われませぬ」

「まったく頭の固いことよ……」

「そんなことより殿」

織部がずいと身を乗り出した。

「尾張の民が覇気を取り戻したのはよいのですが、商いのほうが今一つなのでございます」

「なに？　どういうことじゃ」

「尾張の民の中には、まだ仕事に就けない者が大勢おりましてな。口入れ屋の前には長蛇の列ができております。稼げなければ当然、金を使う余裕もなく……」

「む、それでは商いが広がらぬではないか」

宗春は腕を組んだ。

「はい。仕事に就けぬ者は盗みなどの罪も犯します。急ぎなんとかいたしませぬと」

「ふむ。なにか妙案はないかのう……」

宗春はちらと煙草盆を見た。そこには南蛮渡来の煙草の包みがあと三つある。

宗春はおもむろに煙草を煙管に詰めた。

「それを使われまするか」

「やはりこの煙草と思うか、織部」

「はっ。夢であれまことであれ、それを吸うと殿の姿が見えなくなってしまうのは確か……」

「吸いすぎると危ういかのう」

宗春は思案した。しかしあの異境に行って、尾張の課題が解決したのも事実である。

「いざ、参るぞ!」

宗春は決心し、煙管を一気に吸った。視界が暗くなり始める。

「殿、お気をつけて！」

織部の声を最後に、意識が遠ざかっていった。

二

はっと気がつくと、目の前が妙に白かった。いつもなら、三百年後の異境が見えるはずだ。慌てて声を出そうとしたが、口もきけない。口の上に何かがのしかかっている。

（もしかしてわしは死んだのか？）

宗春は焦った。もしそうなら織部がきっと慌てていよう。そもそもここはどこなのか。死んだとしても極楽なのか、地獄なのか——。

宗春が錯乱しかけたとき、白いものが急に引いていった。やがてそれは見覚えのある、ひょうたんのような形になる。

すなわち、足の裏であった。

宗春は素足で顔を踏まれていたらしい。

「な、何をする!?」

「えへへ、気持ちよかったニャン?」

娘のような甘い声が振ってきた。

「ニャン……じゃと?」

宗春はあたりを見まわした。どうやら小部屋に寝かされているらしい。

「気持ちもよいもなにも……」

言いかけて、宗春は気づいた。足の裏の、その向こうにあるものに。

(足の付け根まで見えておるではないか!)

宗春は顔を赤らめた。このようなところからおなごの脚をのぞき込んだことなど一度もない。娘はこの時代でメイド服と呼ばれる恰好をしていた。

(これじゃ……。織部、これなのじゃ!)

宗春の心は弾んだ。この刺激的な未来が気に入っていた。

「次は、びんたですけどいいですか?」

娘は寝かされた宗春の胸の上に座り、にっこりして聞いた。大名にのしかかるなど無礼千万だが、不思議と嫌な気はしない。

（『びんた』とはなんじゃ）

宗春は首をかしげたが、たぶんこの時代特有のものであろう。

新しいもの好きの宗春はなんでも経験しておかないと気がすまないたちである。

「よし。『びんた』とやら、やってみよ！」

「はいっ」

返事とともに、パァン！という音が弾け、左頰がじんと熱くなった。

「お主、殴ったのか⁉」

宗春は驚いて頰を押さえた。父にすら殴られたことはない柔肌である。

「えっ……。もっと強いほうがよかったニャン？」

娘がしょんぼりした顔になった。

「い、いや。ちょうどよかった。それでよい……」

宗春は笑顔を作った。ともかく可憐《かれん》な娘を泣かせてはならない。

「じゃ、もう一回ニャン！」

娘が振りかぶった。

「ま、待て！　ここはどこじゃ？　そなたは一体……」

「メイド足踏みリフレ『足の下にも三年』ですニャン♪」

「冥土《めいど》？　やはりわしは死んだのか？」

　宗春が再び混乱したとき、部屋の外から声が聞こえた。

「だーかーら！　バイトの面接に来たんじゃなくて、人探しです！　殿さまみたいな人がきっと迷い込んでいて……」

　聞き覚えのある声だった。

「そうなの？　でも君ならうちのトップも狙えるよ〜」

「私は殿を探しているんです！」

　声とともに、すずがドアを開けた。

「と、殿！」

「おお、すずではないか」

　覚えのある姿を見て、ようやく宗春は安心した。無事に未来へ来られたらしい。

「殿！　なんて恰好をしてるんです。それでも尾張の藩主ですか!?」

　寝ころんだ宗春の上にセクシーなメイドが座り込んでいる。腹の上に娘のまろやかな尻の丸みを感じ、宗春は動きたくなかった。

「これはこれで悪くないがのう」

「はいはい、行きますよー！」

すずは怒ったような顔でメイドにどくように言い、宗春をベッドから下ろすと、部屋の外に連れ出した。

「殿さま、お代金がまだニャン！」

「おお、さようか。すず、払うておけ」

「えっ！　私が？」

「珍しきものを見たわ。心づけも弾むのじゃぞ」

「もうすっからかんですよぉ……」

すずがお小遣いの中からしぶしぶ払っている間に、宗春は外に出た。店の看板には『極楽！　足踏みリフレ』と書かれている。

「ふふ、極楽であったのう」

「いってらっしゃいませ、ご主人さま～♪」

猫耳をつけたメイドが宗春を送り出した。

「はっはっは、わしは殿さまじゃ」

笑顔で手を振り返すと、すずが鬼のような顔をして出てきた。

「行きますよ！　殿のすけべ！」

「おお、くわばらくわばら。もしかすると織部よりも恐ろしいかもしれぬのう」


宗春とすずは店を出、商店街を歩いた。

後ろからついてきたすずは、まだぶつぶつと文句を言っている。

「そう怒るな。機嫌を直せ」

「メイドさんに踏まれてにやにやして……。私、これでも会うまでは宗春さまにあこがれていたのに」

「時を超えたら自然とあそこにいたのじゃ。仕方ないであろう」

「だからってデレデレしないでください」

「なぜお主が怒る。変な奴じゃのう」

「知りません！」

すずがそっぽを向く。

「ま、しかし、あの娘たちは、装いはよかったものの、顔立ちから言えば、すずにはかなうまい」

「えっ？　ええっ？」

すずが宗春を見た。

「私、けっこうイケてます？」

すずの顔が明るくなっている。

「うむ。子供ながらの」

「こ、子供……？」

すずがよろめいた。

「うむ。まだ年端《としは》もいかぬであろう」

「だから女子高生ですってば！」

「女子高生？」

「いいですよ、もう……」

すずがまた頰をふくらませた。まるで栗鼠《りす》のような顔である。

「ところですず。ここはどこじゃ？」

「大須商店街といって、いろんな店が固まって、なんでも売っている所です」

「ほう……。店が集まったおるのか」

宗春は商店街の左右をながめた。さまざまな物が売られている。三百年前の尾張にこのようなところはない。市は立つが、それは四日市《よっかいち》や八日市《ようかいち》のように日が決められている。未来の商店街は毎日好きなときに来られるらしい。

そのまま二人で大須観音《かんのん》のところまで歩いて行くと、人だかりが見えてきた。

宗春がのぞき込むと、人形劇らしきものが演じられている。

しかし人が動かす浄瑠璃《じょうるり》のようなものではなく、人形が勝手に動いていた。

「これはいかなるからくりぞ?」

宗春は目を凝らした。未来の技には驚かされることばかりだ。

「あの人形は徳川宗春公――、つまり殿です」

すずが耳打ちした。

「なに?」

「尾張を発展させた殿に、みんな感謝してるんですよ。だからこれが作られたんです」

「あれが……、わしか」

「ええ。こんなにスケべな殿さまだとは思わなかったですけどね」

すずが笑った。

しかし宗春は大いに戸惑った。今はまだ何も成し遂げていない。尾張には仕事にあぶれている者も大勢いるのだ。貧しき者を放置するなど、政を司《つかさど》る者のやることではない。

「殿？」

「わしはまだまだなのじゃ」

宗春が重々しく言ったとき、後方から、

「ムネハール！」

と、いう声が聞こえた。

「む？　呼んだか？」

振り向くと、金髪の女が宗春の人形に声援を送っていた。

「すず、見よ。あの娘、髪が金色《こんじき》に輝いておる！」

「また女の子ばっかり見て……」

「しかしこの世のものとは思えぬぞ。女神か？」

「あれは異国からやってきた人ですよ。今の時代はいっぱいいますって。今や日本は観光立国ですしね」

すずがなんでもなさそうに答えた。

「そうなのか。しかし、なんと美しい……」

宗春は異国の女に見とれた。その金髪は名古屋城の天守で輝く金の鯱《しゃちほこ》のようで、この世の者とはとても思えない。色も抜けるように白く、青い瞳が輝いている。

（まだまだ世の中には不思議なものがたんとあるようじゃ。異国にも一度、渡ってみたいものよ）

宗春ははるかなる想像に胸を膨らませた。

だがまずは目の前の美女である。

さっそく話しかけようとしたとき、女は言った。

「いつ見てもこのからくりは美しいでございます！　ね、秀一《しゅういち》？」

異国の女は横にいた男に声をかけた。

「そ、そうだね、ローザ」

何かに気を取られていたらしい男がはっとして答える。

（むう……。男がおるのか）

宗春は顔をしかめた。異国のおなごとねんごろになってみたいと思ったのに、これではとても無理である。

しかし、あきらめかねてじっと見ていると、どうやら二人は微妙な関係にあるようだった。

「どうしました、秀一？」

「あ、いや……」

秀一と呼ばれた男が女と手をつなごうと、そっと手を伸ばした。だがつなぐ寸前でその手は止まった。どうやらまだ心が通い合ってはいないようだ。

宗春の心に望みがわいた。

「この人形は馬ではなく牛に乗っているでしょう？　派手好きの宗春公は参勤交代のとき、赤い着物を着、白い牛に乗ってお国入りしたのです」

金髪の女は秀一の思いを知ってか知らずか、楽しそうに続ける。

「そなた、わしのことをなぜそんなに知っておるのじゃ？」

宗春が強引に割り込んだ。

（この男が勇気を出してしまう前に奪わねばならない）

宗春は女に微笑みかけた。恋は戦である。先手必勝なのだ。

「ちょ、殿！」

すずが止めたがもう遅い。

秀一は伸ばした手を慌てて引っ込めた。

「ワオ、サムライ！　なんて完璧なコスプレ……！」

ローザが宗春の着物の袖を取り、瞳を輝かせた。

「江戸小紋も見事でございます」

「おお、わかるか」

宗春は嬉しくなった。三百年前であれば、もっとも価値のある着物である。

「お腰の印籠《いんろう》も珊瑚《さんご》で作られた希少な品ではないですか？」

「いかにも」

「やだ、この人、詳しすぎ！」

すずも目を丸くした。

「申し遅れました。私はローザ・ロッシ。イタリアからやって来た留学生でございます」

「イタリア……？　留学……？」

「日本の歴史を学びに、外国から勉強しにきたっていうことです」

すずが耳打ちした。

「なるほど、遣唐使のようなものか。わしは徳川宗春じゃ」

「おお、宗春のコスプレ！　私、大好きです！」

ローザがいきなり宗春をハグした。

（おお、美しい上に、気持ちも激しいとは！）

宗春も力強く抱きかえした。日本のおなごよりも肉厚のような気がする。胸も大きい。

それを見ていた秀一がつらそうな顔をしたとき、彼のスマホが鳴った。

小声で何かを話している。

電話を終えると秀一が言った。

「ごめん、バイト呼ばれちゃって……」

「ほんと？」

ローザが宗春から離れ、秀一を見て寂しそうな顔をした。

「うん、同僚が急に来られなくなったらしい」

「そうですか。でもお仕事は大事です。頑張って下さい、秀一！」

「けど今日はローザの……」

秀一が何か意味ありげな顔をした。

「私のことは気にしなくて大丈夫よ」

ローザは明るく笑って秀一の背中を押した。

秀一はローザを振り返りつつも商店街の奥へ歩いて行った。バイトへ急ぐのだろう。

秀一の姿が見えなくなると、ローザの笑顔は消え、小さなため息をついた。

（そうかこの女……）

宗春は気づいた。

この女も、あの男のことを思っているらしい。

「ごめんなさい、デートの途中だったんじゃないですか」

すずが聞いた。

「いえ、彼は友人です。気になさらないでください」

ローザがにっこり笑った。

好き同士なのに結ばれぬのは何か事情があるのか、と宗春が思ったとき、

「現在スタンプラリーを実施中。豪華賞品がもらえます！」

という声とともに、商店街のスタッフが近づいて来た。道行く人々に何かを配っている。宗春たちにもスタンプの台紙を渡した。

「すず、何じゃこれは？」

「ここに書いてあるお店を回って判をもらうと商品がもらえるんです。殿もやってみますか？」

「おお、むろんじゃ！」

宗春の声は弾んだ。未来の店をいろいろのぞいてみたい。

「あ、待ってください、宗春！」

ローザが、歩き出した宗春たちを呼び止めた。

「私もお供してよろしいですか？　私、この辺りのことは詳しいでございます」

「おお、よいぞ。そなたのように美しいおなごなら大歓迎じゃ」

「何をおっしゃいますですか！」

ローザがばちんと宗春の背中を叩いた。今日は何やら叩かれてばかりであるが、やはり悪い気はしない。三百年前の尾張では、みな宗春を殿として丁重に接するが、それがわずらわしかった。やはりこのように屈託なく接してくれるのが楽しい。

「じゃあ行きましょう！」

ローザが横に並ぶと、宗春はさりげなくローザの腰に手を回した。

腰骨の位置が高い。きっと足が長いからだろう。異国の者は体の造りも少し違うようだった。

「もうっ、また！　なんでそんなに手が早いんですか！」

あわてて後ろに続いたすずがむっとして言った。

スタンプを押してもらうために訪ねた一つ目の店は、うどんの店だった。

宗春が丼のふたを取ると、ぐつぐつと煮えたぎっている。

「おお……。地獄の釜のようじゃ」

「殿、火傷《やけど》に気をつけて下さいね」

すずが子供に言い聞かすように注意する。

「味噌《みそ》煮込みうどんが名古屋で食べられ始めたのは今より百四十年ほど前のことでございますよ」

ローザがさっそく知識を披露した。どうも日本人より日本のことを知っているようである。

うんちくに感心しながら何気なくつゆをレンゲで口に運ぶと、舌に衝撃が走った。

「あちっ！　おあちぃっ！」

猛烈に熱い。

「もう、言ってる傍《そば》から！」

すずが慌てて宗春に水を渡す。

宗春は目に涙を浮かべつつ水を飲んだ。いくらなんでもこんなに熱いとは思わなかった。

「しくじったわ……。このように熱い物、食べたことがないゆえな」

「え？　なんでなんで」

すずが聞く。

「わしは藩主ゆえ、食事はいつも毒見をされておっての。膳が運ばれてくるころにはもうすっかり冷めきっておるのじゃ」

「へえ、かわいそう……」

「宗春は武士の食事の作法に詳しいのですね」

ローザが尊敬のまなざしで宗春を見た。

「それにな、一人きりのことも多いゆえ、こうやって皆で食べる食事は殊更うまく感じるのう」

「じゃあ今日はよかったですね。殿、味噌煮込みうどんはこうやって食べるんですよ」

すずがうどんをふたの上に載せ、フーフーと吹いて冷ましてから食べた。

「なるほど。そうやるのか」

宗春は教えられたとおりに食べてみた。口の中に、うどんとからんだ八丁味噌の濃い味が広がる。えもいわれぬうまさだ。さらに、麺《めん》の上に載っている卵を割ると味がまろやかになる。その味も格別で、鼻に抜ける匂いもすこぶるいい。

「美味《うま》いのう」

宗春は汗をかきながら最後の一滴までつゆをすすった。体中がぽっぽっと熱くなっている。

ここから大須商店街の味めぐりは、ますます本格化した。

すずとローザは商店街に精通しており、宗春をさまざまな場所へ引っ張り回した。

台湾《タイワン》式の唐揚げ、ピザ、小籠包《ショウロンポウ》、あんかけパスタ、小倉トーストなど、宗春が見たことのない物を次々と食べて回る。スタンプラリーのハンコは見る間に増えていった。

ついに三人ともこれ以上食べられないほど満腹になり、こらえきれず土産《みやげ》店の縁台に腰を下ろした。

「もう無理〜〜っ！」

「Ｏｈ～！」

「こんなに食べたのは初めてじゃ」

皆で腹をなでる。

「でも、おいしかったですよねぇ」

「名古屋のフード、やはり素晴らしいです！」

「しかし、こうして店と飯屋が同じところにあれば、自然と人は集まり、他の店にも訪れるようになるのう」

宗春はどこまでも続く商店街をながめた。

「殿、大須商店街はいつも賑わってますよ」

「その上、このような判を押す仕掛けまである。栄えるわけじゃ」

宗春はスタンプラリーのカードをまじまじと見た。

「お金は使えば使うほどみんなが潤いますからね」

ローザが言った。

「なに？　金を使うのに潤おうとはどういうことじゃ」

「みんながお金を使うと店が儲《もう》かります。するとお給料がたくさんになりますね。

持ってるお金がたくさんになると店からものを買います。そしてまたお給料が上がる。これが資本主義でございますね」

「なんと……。金を貯めずに使うほうが、商店街、ひいてはそこで働く者がみな豊かになるのか」

「働き口も増えるでございます」

「ほう」

「へえ～」

宗春とすずが同時に感心した。

（なるほど。留学生とはよく学んでいるものじゃな）

三百年前の尾張には異人などほとんどいない。いるのは長崎の出島くらいである。しかし異国の話を聞くということは、知らないことを学び、知恵を増やすということではないのか。留学生がいれば、彼らが日本のことを学ぶように、こちらも留学生の国のことを学ぶことができる。日の本が鎖国しているのはほんとうによいことなのだろうか。

宗春がそんなことを考えていたとき、

「宗春、日本刀がありますよ」

と、ローザがお土産ショップの一角を指さした。

「なに？」

見ると、日本刀が無造作に並べてある。

「殿！　抜刀術を見せてください！」

すずが目を輝かせた。

「抜刀術？　居合いのことか？」

「え……？　多分そうです」

すずが答える。

「まあ、見せてやらんでもないが……」

宗春は徳川家の息子だけあって、幼少の頃より剣術指南役に鍛えられ、一通りは剣を極めている。

「宗春、流派はなんですか？」

ローザが聞いた。

「柳生新陰《やぎゅうしんかげ》流じゃ。我が家は尾張柳生の流れを汲《く》んでおってな」

宗春は自信満々で言った。

「スッゴーイ！　柳生十兵衛《じゅうべえ》みたいです！」

「ほう。柳生三厳《みつよし》殿をご存知か」

宗春はローザに感心しつつ、剣を腰に差して構えた。未来の尾張には驚かされてばかりであるが、ここはひとつ目にものを見せねばなるまい。

「宗春さま、素敵！」

ローザの目がきらきらと輝く。

（よし。ここはひとつ、わしの剣技でこの金髪美人の心を変えてやろう。先ほどの男には悪いがな）

宗春は全身に力を込めた。

「やぁっ！」

宗春は雷光の速さで剣を抜き打った。

……しかし。

宗春の思いに反し、剣は途中でバサッと大きく広がった。

「やだぁ、殿！」

「それは傘なのですね！」

すずとローザが手を叩いて大笑いした。宗春が握ったのは、取っ手だけが柄になっている、剣を模した傘だったのである。鞘《さや》に見えたのは黒いビニールカバーであった。

「なんと……」

宗春は片膝をついた。これでは武士の名折れである。

「何やら軽いと思ったが、そういうことであったか」

「殿、せっかくだから一つ買いましょうよ～」

すずが傘を手に取って店の奥へ向かった。


三人はさらに商店街を歩いた。奥まで行くと、やがて広い公園に出る。日暮れが近くなり、空には鮮やかな彩雲《さいうん》がたなびいていた。

遠くからは子供たちが元気に遊ぶ声が聞こえてくる。

「スタンプラリー、楽しかったです。ありがとう宗春」

ローザが言った。

「礼には及ばぬ。おかげでわしも尾張の街をより深く知ることができたぞ。何事も庶民目線で見てみるものじゃのう」

「フフッ、そのお言葉、まるで本物の宗春公のよう……」

ローザの目が潤んだ。夕陽が金髪にきらきらと反射し、まるで後光が差しているように見える。

（美しい……）

宗春の胸が高鳴った。

「あれ？　なにか嫌な予感がする……」

すずのつぶやきが聞こえたが、宗春はかまわず言った。

「ローザ、そなたと共にいると心が弾む。どうじゃ、わしの側室にならぬか？」

「えっ……！」

ローザがびっくりしたような顔をした。

「そなたこそわしが探し求めていた女性《にょしょう》かもしれぬ。わしとともに暮らそう」

「宗春さま。お戯れを……」

「まことの気持ちじゃ。さ、近う寄れ」

宗春がローザの手をつかみ、引き寄せた刹那、頭にボムッという激しい衝撃が来た。

「うっ！　て、敵か？」

宗春は急ぎ刀を構えた。ふたたび傘がボフンと開く。

しかし目の前にはサッカーボールが一つ、ぽつんと転がっているだけであった。

「うわあっ、殿様だ！」

走ってきた子供が言った。

「殿様、殿様ー！」

子供たちが後ろから次々にやってくる。このあたりは年に一度、コスプレサミットが開かれるほどであるから、子供たちも慣れたものだ。

「おじいちゃんとテレビで見たことある。この人、すぐ暴れる将軍だよ！」

「悪者だな！」

「よーし、ニンジャーキック！」

「パーンチ！」

子供たちは喜んで宗春に殴りかかった。

「これ！　これ、やめぬか！」

しかし、子供たちは悪者と見ると容赦ない。しかもサッカーで鍛えられているので、その攻撃はかなり痛かった。

「すず！　これ、助けぬか！」

「みなさ〜ん、その人は女たらし将軍です。月にかわって成敗しちゃって！」

「はーい！」

子供たちが元気よく返事した。

「誰が女たらしじゃ！　やめぬか！」

宗春がもがいたとき、

「こら、おまえ達！」

と、叱る声が公園に響いた。

「やばっ、先生だ」

攻撃がぴたりとやむ。どうやら子供たちの先生らしい。

「やれやれ助かった……。む？」

そこには先ほど別れたローザの友人、秀一が立っていた。

「お主は……」

「秀一！」

「ローザ……」

二人が見つめ合ったとき、宗春の元から逃げ去った子供が派手に転んだ。

「いてっ！」

「おお、大事ないか」

宗春があわてて子供を助け起こすと、秀一が走り寄ってきた。

「偉いぞ、泣かなかったな」

秀一が膝の傷を確認する。

「これなら大丈夫だ。傷を洗ってこい」

秀一が子供の頭を撫《な》でた。

「ありがとう、先生！」

子供が水道のほうへ駆けていく。

「ほう。ずいぶんとなついておるな」

宗春が感心して言った。悪ガキたちが秀一を信頼しきっている。

「ええ、まあ」

秀一がやや警戒したように宗春を見た。

傷を洗った子供が帰ってくると、秀一は救急キットから絆創膏《ばんそうこう》を出し、手早く膝に貼った。慣れた手つきである。

「よし、いいぞ」

「うん！　先生、ありがとう！」

手当てを終えた秀一は子供と共に走り出し、サッカーを始めた。


「あやつ、何者だ？」

「秀一は学童保育の仕事をしているでございます」

ローザが秀一をずっと目で追いながら言った。

「学童保育？」

「お母さんが働いている間、子供の面倒を見るお仕事です」

すずが言った。

「なんと、女ではなく男が子守りをするのか!?」

「子守りは立派な仕事でございます。秀一は今の仕事が本当に好きなのですよ」

ローザはそこまで言って肩を落とした。

「どうした、ローザ」

「今日は本当に楽しかったです……」

ローザは宗春とすずに向き直った。

「宗春、すずさん、ありがとうございました。おかげで最後にいい思い出が出来ました」

「ん?」

「最後って?」

「実は今夜の便で故郷に帰る予定でございます」

「なに?」

「イタリアに帰るんですか?」

「すず。そこは遠いのか?」

「はい。江戸より何十倍も遠いんですよ」

「なんと!　世界は広いのう……」

宗春が感嘆したとき、またサッカーボールが飛んできた。

ローザが足元に転がってきたボールを拾う。

遠くから秀一がローザを見つめていた。

二人は再び無言で見つめ合う。

(やはりそうか)

宗春は歯がゆくなった。好き同士なら、なぜ結ばれないのか。

「さあ、明るくさよならするでございます！」

ローザは笑顔をつくり、秀一のほうにボールを蹴った。

その瞬間、宗春は走り出した。弾むボールを追い、思い切り蹴っ飛ばす。

「ぐわっ！」

ボールは正確に秀一の顔面にヒットした。

「な、何するんです！」

「蹴鞠《けまり》じゃ」

「けまり？」

宗春は秀一を睨んだ。

「な、なんですか？」

「わしはお主の弱さに吐き気がしておる」

「は？　何言ってるんです？」

「黙れ。お主はローザを好いておるのであろう！」

「えっ!?」

秀一が呆然とした。

ローザとすずは遠くから二人を見ている。

「ローザは今夜、故郷に帰るそうじゃ」

「知ってます」

秀一はうつむいた。

「知っておるのに何も言わんのか」

「…………」

「このようなときは男が手を引いてやるのが当然であろう」

「うるさいなあ。いったいあなたに何の関係があるんです！」

「関係はあるぞ。わしもあのおなごを好いておる」

「ええっ！」

「お主が引くなら、わしがローザをもらい受ける。それでよいのか！」

「ダメです！　あなたみたいな変なコスプレイヤーに……」

「ふん。お主が身を引くなら関係ないであろう」

「でも……」

「ならばなぜ好きと言わん！　ローザも心を決めかねておるではないか！」

宗春は腹を立てた。このような軟弱な若者相手ではローザも浮かばれまい。

「ダメなんですよ……」

秀一が悔しそうに言った。

「ん？」

「俺じゃダメなんです！」

「何を言うておる。もうすでに所帯をもっておるとでもいうのか」

「結婚なんかしてませんよ！　そういうことじゃないんです。俺は自分一人食うのに精いっぱいで、とても……」

秀一は唇を噛んだ。

「そうか。おぬし、貧しいのか」

宗春はようやく理解した。この若者は、夫婦になるのに金が足りないと言っているのだ。

「稼ぎが少ないと、ローザに苦労をかけることになるじゃないですか」

「ふむ……。まあのう」

「ローザは頭がいいし、優秀な女性です。彼女のためには、友達のまま別れたほうがいいんですよ」

秀一が嘆いた。先の先まで見通しているらしい。

「なるほど殊勝《しゅしょう》な心掛けよ」

「だってそうするしかないでしょう?」

「しかし、殊勝すぎればまた毒よ」

宗春は言った。

「えっ?」

「そのような心掛けでは、おぬしは一生足軽《あしがる》のままじゃぞ」

「足軽?」

「そうよ。かつて太閤《たいこう》秀吉公も、最初は足軽であったが、主君の草履《ぞうり》を懐で温め、天下人まで上り詰めたのじゃ。お主は成り上がる気概もないというのか」

「そ、それは……」

「たとえ今は貧しくとも、将来どうなるかは誰にもわからぬ。おぬしはなぜ、なにもせぬうちから諦めてしまうのじゃ。夢のために戦おうとは思わぬのか」

「俺は今の仕事が好きなんです！　でも子供の面倒を見るだけじゃ給料が低くて……」

「ふん。お主はしょせん人任せよ。給金が足りなければ自らの手で変えればよいではないか。はなから誰かに給金をもらい、言われるがままに生きるつもりか？　自らの手で商いをやる手もあろう」

「そんなこと、無理に決まってます！」

「無理ではない！　そもそもお主とともにローザも働けばよいではないか。あれほど頭がよい上に、今も学んでおるのじゃ。きっと稼ぎになろう。お主はあのおなごを軽《かろ》んじているのではないか？　くだらぬ見栄にとらわれ、愛より己かわいさを優先しておろう！」

「う、うるさいっ！　何も知らないくせに言いたい放題言いやがって！」

秀一が怒った。

「あんた何様だよ！」

「わしか？　わしは殿さまじゃ」

「……真面目に聞いた俺がバカだった。みんな、帰るぞ！」

秀一は子供達を集め始めた。公園を出て帰るのだろう。

「じゃあローザ、元気で」

秀一は声をかけると、背を丸めて去って行った。

「秀一……」

ローザも見送るしかできない。

「ねえ、殿。なんかあの男の人、変じゃないですか？」

すずが言った。

「わしのせいかもしれぬ……」

「えっ？」

「あのような若者を貧しい境遇に追いやっているのは施政者の怠慢もある。その点、尾張を治めていたわしも、遠因になっているのかのう……」

宗春は三百年前の尾張で、多くの者が職にあぶれているのを思い出した。

「せめて信長公の逸話も教えてやりたかったのに……」

「信長!?　なんの話してたんですか？」

「愛の話よ……。ローザ、話がある」

宗春はローザのほうを向いた。

「なんですか、宗春」

答える声には覇気がない。

「知っておるか、この歌を。『思ふには　忍ぶることぞ　負けにける　色にはいでじと思ひしものを』……」

「いえ、初めて聞きました」

「この意味はな、『隠そうと思っていたのに恋しいという気持ちに負けてしまった。顔には出すまいと思っていたのに』、ということじゃ。わかるか」

「……忍ぶ恋、でございますか？」

「さよう。日本の恋は奥ゆかしいものよ。それは秀一も同じことかもしれぬぞ」

「宗春……」

ローザが宗春を見つめた。

「されどローザ、愛はもっと大事じゃ」

「愛……でございますか？」

「うむ。愛に敵なし。貧しさも隔たりも関係ない。しかしときに、愛は見つけがたいものよ」

宗春はやや沈痛に言った。自分も愛を得る前に大事な人を失っている。

「そうかもしれないですね……」

ローザがうなずく。

「惜しいのう。互いに一番好きな男と女が出会い、結ばれることなど滅多にない。一度確かめればよいのに。惜しいこと……」

促すように言いながら、宗春は日が落ちきった空を見た。街には明かりが灯り始めている。

「殿、さっきから何を言ってるんですか」

すずが口をとがらせた。

「すずよ」

「はい？」

「お主はおぼこであろう」

「おぼこ？」

すずが首を傾げた。

「すず、つまり処女ということでございますよ」

ローザが微笑んだ。

「な、な、な、何言ってるんです！　セクハラ！　すけべ！　女たらし！」

「ま、男女のことは難しいものよ。ローザ、そなたの旅立ちを見送ろう。秀一のかわりにな」

「Ｏｈ、宗春……」

宗春とすず、そしてローザは空港行きのリムジンバスに乗った。

大きなバスに乗り、はしゃぐ宗春と、顔をしかめながらもよく世話を焼いているすずをよそに、ローザは秀一へのメッセージを打っていた。

『日本に来て、秀一と出会えたことが一番の幸せでございました』

メッセージを送るとローザはスマホを消し、窓の外に流れる日本の美しい風景を目に焼きつけた。

まるでもう二度と来ることはないという風に。

三

「おお、鳥が！　大きな鉄の鳥が飛んでおるぞ！」

離陸していく飛行機を見て宗春は目を見開いた。

「あれは飛行機というものです。あの乗り物に乗ると、外国へも行けるんですよ」

すずがややドヤ顔をして言った。

「なんと！　人が鳥のように空を飛ぶことができるとは……」

宗春の興奮をよそに、ローザはそっとスマホを確認した。

しかし秀一からの着信はない。

やがてイタリア行きの飛行機の搭乗アナウンスが流れた。

スーツケースを機内に預けたローザは、搭乗口で宗春たちと向き合った。

ゲートの警備員たちがいぶかしそうに宗春を見ていた。刀を腰に差した侍がいるのだから無理もない。もちろんそれはただの傘であるが。

「宗春、すずさん、色々ありがとうございました。さよならでございます」

ローザがお辞儀した。

「お元気で、ローザさん」

感情に流されやすいすずの目も潤む。

「ローザ。このまま帰って本当によいのか？」

「はい。これが一期一会《いちごいちえ》というものですね」

一期一会とは、出会いが一生に一度のことで、そのために誠意を尽くすという心構えである。

（そこまで和の心を極めるとはのう……。あの男め、ふがいない。このようなおなご、二度とは出会えぬぞ！）

宗春は歯嚙みした。

ローザは搭乗ゲートの中へ入り、金属探知機を越えたところで振り向くと、大きく手を振った。

「宗春、すず、お二人とも、どうかお元気で！」

「ローザ、お主もな！」

「さよなら、ローザさん！」

宗春とすずは手を振り返した。

ローザの姿が人波に消えていく。

「行ってしもうたか」

「なんだか寂しそうでしたね、ローザさん。なんでだろ？」

「お主というやつは……」

宗春がすずの鈍感さに嘆息《たんそく》したとき、

「ローザッ！」

という叫び声が聞こえた。

階段のほうに目をやると、全力で走ってきたのは秀一だった。

「あれっ、秀一さん!?」

「おお、来おったか！」

宗春の胸に暖かいものが広がった。

「あっ、そっか！　ドラマで見たことある！　そういうことだったのね！」

すずがようやく理解して秀一を見つめた。

「なあ、あんた、ローザは？」

秀一はきょろきょろとその姿を探す。

「もうあの中に入ったぞ」

宗春は搭乗ゲートを指さした。

「そんな……」

秀一はがっくりと頭《こうべ》を垂れた。

「馬鹿者！」

宗春は大音声《だいおんじょう》で言った。

「えっ……」

「なぜそこで諦める！　まだローザは近くにおるだろうが！　すず、早くローザを止めよ！」

「ええっ、どうやって!?」

「ええい、まどろっこしい！」

宗春はゲートに向かって走った。人々の列の横を抜け、金属探知機を駆け抜ける。キンコーン！と探知機が派手に鳴った。宗春の腰には偽の刀がある。

「ローザ、戻れ！　秀一が来たぞ！」

「こらっ、何をしている！」

宗春を制止しようと、警備員たちが追いかけてきた。

「邪魔立てするな！」

宗春が剣の柄に手をかける。

「柳生新陰流、徳川宗春。二人の愛を阻むものは斬る！」

宗春の大音声に警備員たちの足が止まった。構えが見事に決まっている。警備員たちの中には剣道の有段者もおり、その構えの見事さを悟り、唾をのんだ。

「宗春！　何があったの？」

ローザが驚いて引き返してくる。

「おお、まだおったか！」

宗春が大きく笑った。

「ローザ、愛を届けに来たぞ」

「愛!?」

「見よ」

指さした先には、秀一が泣きそうな顔で立っていた。

「秀一……!?」

「ローザ！」

秀一の姿を見てローザの目から涙がこぼれた。

「ローザ、好きだ！　俺、絶対イタリアに行く。会いに行くから！」

秀一が叫んだ。

「うん。待ってる！」

二人は駆け寄った。ゲート越しに熱いキスを交わす。

「よし。これにて一件落着じゃ」

宗春は刀から手を放した。そのとたん、

「確保！」

という声が響き、いっせいに警備員が飛びついた。

「やめよ！　もうかたはついたのじゃ！」

宗春がもがく。

「あの、その人は大丈夫です！　ちょっとご乱心しただけで……。殿を傷つけないで！」

すずが叫んだ瞬間、宗春の姿がいきなり消えた。

「あれっ？」

「どこへ行った！」

警備員たちが見まわしたが、もはや侍の姿はない。

「よかった……。殿、タイムスリップしたのね」

ほっと胸をなでおろした。

「でもイタリアより遠いところに帰っちゃった……」

すずが寂しそうに言った。

四

「寄るな、寄るな。男は嫌じゃ！」

宗春はじたばたともがいた。

「殿！　殿、いかがなされました？」

「む、織部。ここは……」

「名古屋城です。また未来の世とやらに行って来られたのですか」

「おお、帰ってきたのじゃな。あやうく捕らわれるところであったわ……」

宗春は汗を拭こうと懐に手を入れた。すると何か紙のような手触りがある。

取り出してみると、それはスタンプラリーのカードだった。

「ややっ、景品をもらうのを忘れてしもうた！」

「景品ですと？」

「そうじゃ。未来の世では商店街でスタンプラリーなる催しをしておってな。それで客を呼び、金を使わせることでさらにみなが豊かになり……」

そこまで言って宗春はハッと気づいた。

「そうじゃ、資本主義じゃ！」

「しほん……？」

「尾張の街を活気づける方法のことよ。これで職にあぶれる者もなくなるぞ」

「まことですか？」

「うむ。まずは町の中心に飯屋や商店を並べるのじゃ。景気をよくするためには、出費を惜しんではならん」

「えっ？　節約ではなく出費するのですか？」

「そうじゃ、金は活かして使うのがよい。金は天下の回り物じゃ」

「なるほど、それが未来で得た知恵でございますか」

宗春が大きくうなずいた。

＊

こうして尾張の城下町にはさまざまな商店や飯屋が立ち並んだ。宗春は飯処・

芸処名古屋の基礎をここに築いたのである。

尾張藩には長年の蓄えがあり、市場を発展させるために費用を惜しみなく使った。店が増えると雇用も増え、職がなく貧しかった者たちにもようやく春が訪れた。

尾張が落ち着くと宗春は再び筆を取り、〈温知政要〉の続きを書いた。

一、何事も庶民目線で

一、お金は活かして使え

宗春の政策には賛否両論あるが、吉宗の倹約令の出ていた時代、よく尾張の庶民を励ました。宗春が今の名古屋の土台を作ったといっても過言ではないだろう。

殿とネットアイドル

「殿、なんという恰好をしておられるのです！」

宗春の恰好をひと目見るなり、織部が目をむいた。

「どうじゃ。似合うであろう」

この日の宗春の装いは金の鳳凰《ほうおう》と龍を染め抜いた真っ黒な着物姿であり、頭にはソンブレロのような帽子をかぶっていた。おまけに、口には五尺以上ある長煙管をくわえている。全て宗春が特別に作らせたものである。

名古屋城天守閣にある宗春の居室に、まるで戦国の世の歌舞伎者が舞い降りたようだった。

「尾張の藩主ともあろうお方が、そんな奇抜な姿に身をやつしてはご公儀になんといわれることか……」

「よくないかのう？」

「よくありませぬ！」

織部の口から唾が飛んだ。

「ふん。やはりお主は遅れておる。これを未来の世ではコスプレと呼ぶのじゃ」

「こす……ぷれ？」

織部が首をかしげた。

「いつもとはまるで違う着物を着ると、まるで己が己でないように思えてな。政の知恵も湧くというものよ」

宗春は帽子を取ると、座布団に腰を下ろした。

「政といえば、市場のことですが……」

「おお、あれか。商店と飯屋を並べる策、うまくいったであろう」

「はっ。ですが人が集まったぶん、今度は罪を犯す者も増えてきまして……」

「なんと。栄えていると見れば遠くからよからぬ者も引き寄せるのか。厄介なことよのう」

「厳重に国境《くにざかい》をかため、よそ者が入らぬように致しますか？」

「ならぬ」宗春はきっぱりと言った。

「他国の知恵も聞き、親交を結ばねば尾張はよどんでしまうぞ。現にわしも未来の尾張へ行き、新しい策を得たではないか。守りからは何も生まれぬ」

「では罪人のこと、どうされますか」

「入ってくるときには良い者か悪い者かわからぬ。難しいものよ」

宗春は沈思すると、長煙管にカピタンの怪しい煙草をつめ始めた。

「殿。安易にそれを使うのはまずいような気もするのですが……」

「なぜじゃ。これで未来に行き、幾度もよい策を得たではないか」

「いえ、私は殿のお体が心配なのです」

「ではどうせよというのだ？」

「ここは一つ、私が未来の尾張に行こうと思います」

織部の、眼鏡の奥の目がきらりと光った。

「なに、お主がか？」

「はっ、これもひとえに殿を守るため……」

織部が感極まった顔をした。

「織部」

「はっ！」

「そちも行ってみたいのであろう」

「えっ……?」

織部の目が泳いだ。

「ふ、ふふ、わしの土産話を聞き、うまいものの一つでも食いたくなったのに相違ない。はっはっは、それならそうと言え」

「いえ、そんなことは……」

「まあよい。たまには未来で羽を伸ばすのもよかろう。すずも、先祖であるお主に会えれば喜ぶじゃろうしな」

「はっ、ありがたき幸せ！　ではお言葉に甘えまして……」

織部は目を輝かせて宗春から長煙管を受け取り、煙草に火をつけて吸った。

「殿、行きます！」

「いざ、行け！」

部屋に煙が満ち、妖《あや》しい匂いが漂う。

しかし、織部はいつまでもそこにいた。

「織部。なぜ行かぬ?」

「それが、いっこうに何も起こりません」

織部が焦慮《しょうりょ》に汗を浮かべ、長煙管を必死に吸った。

「煙管が変わったせいかもしれませぬな」

「どれ、貸してみい」

宗春が長煙管を吸ってみた。いつもと同じ味である。

「これで行けぬのか？」

「はい」

「そんなはずは……。おっ？　おおおおっ！」

宗春の視界がぐにゃりと歪んだ。

「と、殿ぉぉ！」

叫ぶ織部の声が遠くなっていく。

（ちゃんと時を飛べるではないか！）

宗春は時の流れに身を任せ、目を閉じた。

二

「む……。ここはどこじゃ」

四方が強烈なライトに照らされていて何も見えない。

「おおっと、ここで突然の乱入か⁉」

誰かの大きなマイクの声が聞こえた。

「これはかぶき者の侍か？　いったいどこの刺客《しかく》なのかっ⁉」

心底驚いたようなマイクの声が続けざまに響く。

ようやく光に目が慣れた宗春は、体の大きな裸の男たちにまわりを囲まれているのに気づいた。身につけているのはふんどしのような布一枚である。ある者は竹刀を、ある者は鎖を手にし、ぶんぶんと振り回していた。

広いホールの壁を見ると、『尾張プロレスリング』と書かれている。

「率爾《そつじ》ながら……」

宗春は四人いるうちの一人、体中に刺青《いれずみ》を入れた長髪の男に話しかけた。もしかしたら罪人かもしれない。

「ここはどこじゃ?」

「なんだ、お前は……。どこの団体だよ!」

刺青の男が顔をしかめた。

「わしか? わしは尾張藩の者じゃが」

「ふざけんな!」

男が急に宗春を担ぎ上げた。視界がぐるっとまわって、リングに叩きつけられる。

「む、むうっ!」

宗春は素早く立ち上がった。

「なるほど、未来の世にも無法者はいるようじゃな。これは捨て置けぬ。成敗してくれる」

宗春が腰の刀に手をあてた。

宗春から放たれた本物の殺気に、プロレスラーたちの本能が反応したのか、一瞬動きが止まる。

「おい、もしかしてこいつヤバイ奴じゃねえか？」

「ああ。こんなキャラは台本になかったしな」

「警察呼んじゃう？」

「い、いや、今スマホ持ってねえし」

「でも客の前で逃げるわけにも行かねえぜ」

リングの上でプロレスラーたちが困惑していた。どっきりの筋書きがあるのか、それとも飛び入りなのか、決めかねている。

「参る！」

構わず、宗春はプロレスラーたちに突っ込んだ。鞘ごと抜いた刀で、次々と相手を打つ。

「おおっと、強い～！　このレスラーは一体何者だ!?　現代によみがえった侍か！」

リングアナウンサーが興奮した声を上げた。

客たちも熱狂し、

「すげえ！」

「今日デビューの新人か!?」

と、盛り上がる。スマホで宗春の動画を撮る者もいた。

このときやっと会場に警官たちが入ってきた。尾張プロレスの主宰者が通報したのである。

プロレスラーたちはリング外へ避難し、警官たちがリングに上がってきた。

「新手か！」

宗春が刀を構えたとき、ゴングが激しく打ち鳴らされた。

「なんじゃ？」

ゴングの鳴るほうを見ると、すずが必死にハンマーを打ち鳴らしていた。

「殿！　抵抗しちゃダメです！　その人たち、警察……、つまり岡っ引きです！」

「なんと。奉行所の者か？」

宗春は刀を下ろした。

「動くな！　銃刀法違反の現行犯で逮捕する！」

「尾張見回りの勤め、大儀である！」

「確保～！」

警官が一斉に飛びかかり、宗春の上に折り重なった。

「な、何をする！」

「ちょっとやだ！　殿～！」

すずの叫びも虚しく、宗春はすぐさま警察に連行された。

三

殺風景な部屋の中、粗末な椅子に座らされた宗春の目の前にある机の上にはカツ丼が一つ置かれ、ほかほかと湯気があがっていた。

「で、あんた、名前は？」

強面《こわもて》の刑事が聞く。

「徳川宗春じゃ」

宗春は素直に答えた。漢字での書き方も教えると、刑事がしかめ面をして調書に名前を書き込む。

「どこに住んでる？」

「名古屋城の本丸御殿じゃ」

「職業は？」

「殿よ。それよりこの丼は食べてもよいのか？　いい匂いがするのう」

「てめえ、おちょくってんのか、コラァ！」

刑事が宗春の胸ぐらをつかんだ。

「やめぬか！　お主には愛の心がないのか？」

「何が愛だ！　てめえ宗教系か？　あと、この刀はなんだ！　銃刀法違反だぞ」

刑事が宗春の刀を机に叩きつけたとたん、ビニールカバーが飛び、ぱっと傘が広がった。

「それはただの傘じゃ」

「な、なに!?」


取り調べが終わると、宗春は留置所に入れられた。

「檻に入れられたのは動物園以来じゃのう……」

嘆いてあたりを見まわすと、同じく捕らわれたらしい者が牢内《ろうない》にいた。

かなり年を取った男である。

男は宗春を見ると、人なつっこく話しかけてきた。

「お前よう、変な格好してんなぁ。一体何やったんだよ。のぞきか？」

「何もしておらぬわ」

「ヒャッヒャッ、何もしてねぇのに捕まるわけねえだろ！」

男はおかしそうに笑った。

「ではお主は何をやったのだ？」

「俺かい？　俺は大泥棒よ」

男は自慢げに胸を反らした。

「泥棒……。盗人《ぬすびと》か？」

「ああ。前科十五犯だぜ。舐めんじゃねえぞ」

男が三白眼で睨み上げてくる。

「一つ聞く。……わしは死罪になるのか？」

宗春は不安を覚えて言った。この時代の法がまるでわからない。濡《ぬ》れ衣《ぎぬ》を着せられ、首でも落とされようものなら三百年前の尾張が大変なことになる。

「んなわけないだろ。大したことしてねえならムショに行ったとしても数年で出てこられるぜ」

「ムショ？　なんじゃ、それは。詳しく教えてくれぬか」

宗春は身を乗り出した。むくむくと好奇心が頭をもたげてくる。

男から朝までかかって聞いたところでは、この時代には証拠を重んずる裁判があり、〈疑わしきは罰せず〉という原則もあるという。それは冤罪《えんざい》を防ぐためであり、犯罪者にも人権があるという考え方であった。

また男の弁によると、「罪を憎んで人を憎まずってことさ。でも近ごろじゃ、人権思想が強くなりすぎて、肝心の被害者の人権がないがしろにされているところもあるがねえ。気の毒に」とのことであった。

また、男は、「生まれたときから貧しくて学がないから泥棒になるしかなかった」と話した。宗春が根掘り葉掘り聞くと、男はどんどん饒舌《じょうぜつ》になる。寂しい男だったのかもしれない。

犯罪者ながらも、どこかにくめなかった。

〈貧困が悪いのじゃなぁ〉

三百年前の尾張にも無法者が押しかけていると織部が言っていたが、その者たちは倹約令によって貧しくなった地方の村々から来たのかもしれない。ひとたび飢えれば百姓も一揆《いっき》を起こし、町では打ち壊しが起こる。人は貧しさで悪くなってしまうのだ。皆が腹いっぱい飯を食えれば尾張の世もよくなるのではないか――。

そのためにはどうすればよいのか、と考えているうちに、宗春は刑事に呼ばれた。

「おい殿さま、出ろ」

「もうよいのか？」

「妹さんが迎えに来てる。家族を泣かせるような真似はもうするなよ」

刑事が諭すように言った。

「お手数おかけして、本当にすみませんでした」

警察署の玄関で、すずが深々と頭を下げた。

「今回は厳重注意ってことにしとくけど、しっかり反省するように」

「はい……。お兄ちゃんったら、すぐ調子に乗ってしまって……。ほんとにすみません」

すずが何度もお辞儀して宗春を連れ出した。

「はっはっは、すずよ。大儀であった」

宗春は久しぶりに浴びた陽光の下で体を伸ばした。

「もう、殿ってば！　どうして五杯もカツ丼を食べたんですか。大散財じゃないですか……」

「わしも後悔しておる。ひつまぶしや味噌カツ丼も頼んでみるべきじゃった……」

「もっとお金がかかりますって！」

「そう怒るな、すず。牢に入れられてよいこともあったぞ。昨夜、盗人からこの時代の裁きをいろいろ聞いてな。冤罪は国の恥よ。わしも見習おうと思う」

「はあ……。殿っていつも前向きですね」

すずが苦笑いした。

「それよりすず。今日はいつもと違う恰好をしておるな。セーラー服とやらはどうした」

　すずは膝までのスカートに大人びたブラウスを着ており、シックなジャケットまで羽織っていた。

「未成年じゃ警察から殿を引き取れないでしょ。お母さんの服を借りてきたんです」

「なかなか似合うぞ」

　宗春が微笑んだ。無骨な織部の子孫とはとても思えない。

「えっ……。ほんとですか？　まあ、メイクもしたし、このところダイエットも頑張ってたし」

　宗春のひとことで、すずの顔がぱっと明るくなった。

「殿。今日はひつまぶしを食べに行きます？」

「よいのう。なんでも鰻《うなぎ》を茶漬けで食《しょく》すらしいではないか。ういろうも試してみたいぞ」

　宗春も前のめりになる。牢にいた男がいろいろとこの時代の名物を教えてくれたのだ。

「でも注意することがあるんです、殿。今ちょっと大変なことになっていて……」

「大変なこと？」

すずは宗春をいざない、繁華街にあるネットカフェに連れて行った。手慣れた様子で部屋を取り、入り組んだ店内に入っていく。

「なんという狭い部屋じゃ。ここに二人で入っても、ゆるりとくつろげぬぞ」

「またいやらしいこと考えてるんですか？　見て欲しいのはこれです」

すずは備えつけのパソコンを手早く起動させた。いろんなところをマウスでクリックすると、動画サイトに行きつく。

すずが一番上にある動画の再生ボタンをクリックした。

「ほら、殿が映ってます」

「こ、これは！」

動画は、宗春が尾張プロレスのリングで暴れまわっている姿だった。タイトルは『最強のおもてなし武将隊』となっており、再生数は十万回を超え、コメントもたくさんついている。

「これは、わしか？」

「はい。誰かが撮影していたみたいで、ネットで広まっています。一度、ここに載せられてしまうと、世界中の誰でも見られるようになるんですよ」

「ふうむ。これでは軽はずみなことはできぬのう……」

　宗春は腕を組んだ。

　かつてすずの親友、アイドルのひかりも己の姿を録画していたが、勝手に他人の姿を撮影し、世に広めてしまうこともできるのである。

「しかし考えようによっては、このからくりを使って己の伝えたいことを広めることもできるのう」

「はい。これを見てください」

　すずが人気のブログをモニターに映した。

「これはブログと言って、日記や思ったことをみんなに公開するページです。何万ページもあるんですよ」

「ほう。そういえば我が家臣にも、朝日文左衛門《あさひぶんざえもん》という者がおったのう」

　宗春は思い出した。身の回りに起こったことを全て書き出す、記録の鬼がいたことを。昔のことを調べるとき、文左衛門の日記をたどれば詳細がわかることも多かった。

思ったことを詳細に記しておけば、いつか誰かの役に立つこともあろう。これも未来の面白いからくりである。

（伝えるということは大事なことよ）

宗春は尾張の民に思いを馳《は》せた。民の全てに宗春の思いを知らせる方法はないだろうか。

「殿も、試しに作ってみます？」

すずが振り向いた。

「何をじゃ？」

「SNSですよ。自己紹介もできるし、日記も書けるんですよ」

「ほう、面白そうじゃのう」

「じゃあさっそく登録しますね」

すずが素早くキーボードを叩くと、画面に新しいプロファイルが現れた。

「殿、写真いただきます！」

「ん？」

返事する間もないまま、すずのスマホの裏がピカリと光った。するとすぐに、プロファイル上に宗春の顔写真が現れる。

「おお！　今撮ったものがもうここに……」

「クラウドに入ってますからね。ほら、もうフォロワーがつきましたよ」

すずがパソコンを操作すると、小さな顔写真が画面上にたくさん現れた。

「みんな殿と友達になりたいと言ってます」

「なに？　会ったこともないのにか？」

「さっきの動画がリツイートで爆発的に広まってますからね。動画のコメント欄からこのページにリンクしたから、すぐにみんな集まってきますよ」

「ううむ。何を言うておるか、さっぱりわからぬ……」

「あ、また友達申請が来た！」

すずがクリックすると、写真が表示された。

「おっ。美しいおなごではないか！」

「詳しく見てみます？」

すずが写真をクリックすると、大きな写真が立ち上がり、居住地や仕事などの基本データも表示された。

「おお、これは……」

そこには美しい女性の姿があった。スミレという名のその女は、目が大きく、縦ロールの髪がなびき、スタイルもすこぶるいい。顔にわずかな微笑みを浮かべ、小さなえくぼが愛らしい。

「すず。もしかしてこのスミレという者に会えるのか」

「また何かよからぬことを考えていますね、殿」

すずが宗春を睨んだ。

「いや。この時代に学び、我が尾張の民を救えればと思うての」

「すけべ！」

「ま、まことじゃ。いろんな者に会って話を聞きたいが、どうせ会うのなら美しいほうがよいかと思うたまで……」

「ふんだ。そう簡単には会えないと思いますよ。急にメッセージ送ったら無視されることもあるし。下手《へた》したらブロック、つまり拒絶されますって」

「そうか。惜しいのう」

「あっ！」

すずが声を上げた。

「どうした？」

「スミレさんからメッセージが来ました」

「なに!?」

「『宗春さまの戦う姿に感動しました。お会いしたいです。よければこれからお時間を取ってもらえませんか？』だって……。信じらんない！」

すずが唖然として言った。

「なんと……。これは運命やもしれぬな」

思わず笑みが浮かぶ。

「ちょっと待ってください！　この人、フォロワーが十万人以上いますよ？」

「ほう、尾張藩の家臣より多いではないか」

「この人、ちょっと怪しいかもしれませんよ……。ネットアイドルかしら？　なんか整形っぽいし」

「会う前から疑ってどうする。お主の心に愛はないのか。すぐスミレに返事をせい。今から会おう、と」

「はいはい、どうせ私はおぼこですよ！　っていうか、そんなウキウキしないでください！」

すずは唇を尖らせ、しぶしぶメッセージを返した。

四

スミレが会おうと言ってきたのは名古屋港のガーデンふ頭だった。ポートビル横の岸壁には大きなクルーズ船が接岸し、堂々とした姿を見せている。

「おお、これが船か。大きいのう。まるで城のようじゃ」

宗春が目を見張った。

「あれは世界の港を巡っているんですよ。豪華客船です」

「そうか。この時代の者は、飛行機のみならず、船でもさまざまな国を巡ることができるのじゃな」

「殿、このあたりなんですが……」

すずが足を止め、ポートタワーのまわりを見渡した。

「おらぬな、あのおなごは」

宗春も目を凝らした。スミレはどこに来ているのか。早く会いたい。

「待ち合わせ時間はもう来てるんですが……」

「すず。お主、間違えているのではないか？　せっかくの機会を無駄にしおって！」

「間違えてないですって！　きっとからかわれたんですよ」

「そうなのか……。しかし姿を見せぬのならば仕方ない。無念じゃのう。帰るとするか」

宗春が名残《なごり》惜しげに港を見た。そこには若い男たちと、スミレとは似ても似つかぬ女が佇《たたず》んでいるだけである。

その女がポートタワーに近づいてきたので、宗春は道を譲ってやった。

「すず。スミレはここに来たものの、恥ずかしがって、どこかに隠れておるのかもしれぬぞ」

つぶやいたとき、

「宗春さま！」

と、突如、道を譲った女が抱きついてきた。

「ぬおっ！　何やつ！」

宗春は肝をつぶしたが、女は離れなかった。

「私、スミレです。宗春さま……、会いたかった！」

腰に回された腕がぎゅうと体を締めつけてくる。部屋住みだったとき、上野《うえの》で力士と戯れに相撲《すもう》を取ったことがあるが、そのときのことをふと思い出した。すごい力で息が止まりそうである。

あらためて女の顔を見ると、顔の横幅が広い。顔も体も饅頭のようにもっちりしている。

（この顔、どこかで見た覚えが……）

宗春は首をひねった。たしか正月に見たような気がする。

あれはどこであったか――。

（そうじゃ、福笑いのおかめじゃ！）

宗春は思い出した。女の強い圧力に負け、ついに尻餅をつく。

「すず、早く助けよ！」

宗春は息も絶え絶えに叫んだ。

「ええ〜、せっかく会えたんじゃないですかぁ。愛が足りないですよぉ、殿」

すずがにやにや笑って見ていた。どうやら助けてくれるつもりはないらしい。

宗春は息も絶え絶えに言った。

「お主、スミレとまるで顔が違うではないか」

「ごめんなさい、ネットの写真は少し加工してあって……」

「少し？」

そばで聞いていたすずの片眉が上がった。

「つまりわしをたばかったということか？」

「まずは一枚」

ピンポロ〜ンとかわいい音をさせ、スミレが片手で宗春を抱えたままスマホで自撮りした。帯の後ろを摑《つか》まれているため、なかなか逃れることができない。

「何をする！」

「ウフフ、宗春様とのツーショット、ゲット～！　私、ネットで宗春様を見たとき、運命の人だと直感したんです」

「いや、見込み違いであろう」

宗春は即答した。

「もう、照れないでくださいよ～。宗春様、今日は一日、私とデートしてくれますよね？」

「デート？」

「殿、逢引《あいび》きのことです」

すずが言った。

「なに？　そなたの気持ちは嬉しいがそれはのう……」

宗春はここから逃れる手立てを必死に考えた。

何か、何かないのか――。

「スミレ。実はな、わしにはすでに寵愛《ちょうあい》している側室がおる」

苦し紛れに言った。

「側室？　誰ですか」

スミレの瞳がきゅっとすぼまった。顎の下に無数の皺《しわ》が寄る。これほど恐ろしい女の顔を見るのは初めてだった。

「それはこのすずじゃ」

「えっ！」

「はあ？」

スミレとすずが同時に声を上げた。

「へえ、あなたが宗春さまの？」

スミレがぎろりとすずを睨んだ。その隙に、宗春はスミレの腕から逃げ出した。

「ちょ……、殿！」

宗春はスミレの後ろで手を合わせた。

（頼む、話を合わせてくれ！）

懸命に念を送る。それしかこの窮地から逃れる手立てはない。

すずも宗春の思いがわかったようで、しぶしぶ言った。

「そ、そうよ。殿と私は切っても切れない仲なの。ごめんね」

すずがにこっと笑う。

「お黙り、この泥棒猫！」

スミレがすずに飛びつくや、首を絞めた。

「きゃああっ！」

「やめぬか！」

宗春が走り寄り、スミレに新陰流の当て身を使った。おなご相手に使いたくなかったが、ここは仕方がない。危急のときである。

首の後ろを打たれたスミレは崩れ落ちた。

「ごほっ、ごほっ……」

解放されたすずが激しく咳《せ》き込む。

「大事ないか、すみれ」

「行きましょう……。この人、関わっちゃダメなタイプです」

「そうじゃな」

宗春がすずを連れて去ろうとしたとき、

「待って……、宗春さま……」

と、声がした。スミレがのろのろと立ち上がっている。

「なに！　まだ動けるのか」

　宗春は驚いた。鍛えた武者《むしゃ》でも、無防備で打たれればしばらくは悶絶《もんぜつ》する当て身である。

「殿、きっと皮下脂肪が厚いんです！　一応、女子ですから……」

「なるほど、肉の鎧か」

　宗春は唖然としてスミレをながめた。戦国の世に生まれれば、この女も使いどころがあったかもしれない。

「言ったであろう。わしにはすずがいる。スミレとやら、そなたの気持ちには応えてやれぬ。すまぬ！」

　宗春とすずは走り出した。

「宗春さま。私からは逃げられないわ。絶対に」

　スミレはスマホを宗春の背中に向けた。画面の中で宗春は小さくなっていく。

「うまく撒《ま》けたようじゃな」

　激しく走り、肩を上下させながら宗春は後ろを振り返った。スミレの姿はない。

「だから怪しいって言ったのに……」

すずが言った。

「あそこまで化けるとは思わなんだわ」

「でも殿が女の人から逃げるなんて珍しいですね」

すずがいたずらっぽく笑った。

「姿形はとにかく、あのように多くの者を騙《だま》しながらも、平気でいられるようなおなごは苦手じゃ」

「ふーん……」

すずがまじまじと宗春の顔を見た。

「じゃあ殿はどういう女の人が好きなんですか？」

「そうじゃのう……」

「やっぱり美人？」

「まあの。だが性質や生き方は人相にあらわれる。己を磨いているおなごは、しぜんとよい顔になるものよ。造りが全てではない」

宗春は昔、吉原に遊んだことを思い出した。けして美人とはいえぬ花魁でも、なぜか多くの客を集める女性《にょしょう》がいた。そんな女と会ってみると、皆なんともいえぬ愛嬌《あいきょう》や話の楽しさ、優しさがあった。

「中身が大事ってわけですね」

歩き出しつつ、すずが言った。

「そうじゃのう。それにわしはよく笑う、明るいおなごが好きじゃ」

「へぇ……」

すずが宗春を横目でちらりと見た。

「それよりすず。あの大きな水車はなんじゃ？」

「ああ、あれは観覧車といって、空の高い所まで登れる乗り物です。あのあたりには珍しい乗り物がいっぱいあるんですよ」

「ほう。何やら面白そうではないか」

「行ってみますか？　普通はデートでいくところなんですけどね」

「逢い引きか」

「さっきの殿はどん引きでしたけどね」

二人は顔を見合わせて笑うと、シートレインランドに向かった。

入場すると、宗春はメリーゴーラウンドをみつけ、一目散に走り寄った。

「馬じゃ。すず、馬がおるぞ！」

「はいはい。殿の時代は馬が自動車みたいなんですもんね」

宗春はひらりとまたがると、手で馬の尻を叩いた。

「せいやっ！　はっ！」

「ちょっと殿！　暴れないでください！」

見ていた周りの客からドッと笑い声が起こる。

未来に来ても尾張の民は朗らかだった。メリーゴーラウンドがまわり出すと、宗春は手を振って声援に応えた。

メリーゴーラウンドを降りると、すずは宗春を観覧車に誘った。すずとともに小さな部屋に乗り込み、戸が閉められると、ぐんと持ち上げられた。すぐに名古屋港が眼下に小さくなる。

「よい眺めじゃのう。城より高いかもしれん」

「高いところ、怖くないですか？」

「なぜじゃ」

「いえ、私はちょっと怖いっていうか……。えへへ」

見るとすずの足が震えている。

「まことか！　よし、止めるぞ」

「えっ!?　な、何を……」

宗春は少しだけ開いた窓に向かって叫んだ。

「誰かからくりを止めよ！　すずが怖がっておる！」

「殿！　これは止まったほうが怖いですって！」

「そうなのか？」

「そうですよ！　待ってればまた地面に戻るんですから……」

すずが青ざめた顔で言った。

「お主、怖いのになぜ乗ったのじゃ？」

「そりゃあ殿が乗りたがってたからです」

「ふむ。殊勝な心がけじゃ」

宗春は微笑んだ。すずは海のほうを見つめている。日差しがあたる横顔はあどけないが、私服姿のすずは、どこか大人びているようにも見える。今まさに少女から女へと変わろうとしているのだろう。

(このわずかしかない成長のときを絵に残しておけたらのう)

宗春はふと思った。人は老いると繊細だった時代のことを忘れてしまう。

「すず。写真を撮ろうではないか」

「えっ？」

「スマホというやつがあれば、自らを写せるのであろう？」

「あ、だったら私が撮ってあげますよ」

すずがピンクのスマホを取り出した。

「違う。お主の写真じゃ」

「私の……？　なんでですか」

「決まっておろう。美しいからじゃ」

「えっ……」

すずが固まった。少し遅れて頬が赤く染まる。

「ば……、馬鹿なこと言わないでくださいよ。からかうの上手《じょうず》なんだから！　このこの！」

　すずが指で宗春をつついた。

「別にからかっておらんがのう……」

「はいはい。だったらツーショット撮りましょうか。初観覧車記念にね！」

　すずは宗春の隣に並んで座ると、ツーショットで自撮りした。

「ほら、こんな感じです」

　すずがスマホを差し出した。

「ふむ。よく撮れておるな」

　宗春はスマホを見た。新調した派手な着物もいいし、隣で美しく装ったすずが笑顔なのもよかった。

「殿。今日はデートってことにしてあげてもいいですよ」

「ん？」

「ほら。変な人が来てすっぽかされたわけだし。お情けです」

「つまり、ああいうことをしたいということか？」

　宗春は隣のゴンドラを指さした。

「えっ？」

すずがそっちを見て仰天した。

「きゃあ！　殿、見ちゃだめです！」

隣のゴンドラではカップルが濃厚な口づけをしている。

すずが慌てて両手を広げ、宗春の前に立ちふさがった。

「こ、こら、見えんではないか！」

「じろじろ見たら怒られますって！」

「惜しいのう。未来の世のむつみ方を見てみたかったのだが……」

「何を研究してるんですか、殿は！」

すずが苦笑した。

やがてゴンドラは頂上を過ぎ、地上が近づいてくる。

「お、もう終わりか」

「は〜、やっと地面に帰れる……」

すずが下を見た。しかしその刹那、血相を変えて宗春を見た。

「殿、あの人がいます！」

「あの人？」

宗春がのぞきこむと、見覚えのあるぽっちゃり体型の女がいた。宗春たちの乗ったゴンドラをじっと見上げている。

「スミレじゃ！」

「どうしてバレたの!?」

すずが慌ててスマホを操作した。

「なにこれ!?　殿、これを見てください！」

「こ、これは！」

そこにはスミレが撮った宗春とのツーショットがアップされていた。しかもスミレの顔やスタイルはしっかり美人に修整済みである。

そのほかにもメリーゴーラウンドに乗る宗春や、観覧車に乗り込む姿など、無数の画像が掲載されていた。

「全部わしではないか……」

「ひどい。殿に無断でこんなこと」

観覧車のゴンドラを降りると、スミレが目の前にいた。不敵な笑顔を浮かべている。

「ダーリン、私から逃げられると思って？」

「解《げ》せぬのう。なぜ、わしの行き先がわかるのじゃ」

宗春は不思議に思って聞いた。

「これよ」

スミレがタブレットを見せると、そこには名古屋港のいろんな場所のライブ映像が映っていた。

「なんじゃ、それは？」

「ふふ、なんでしょう？」

スミレが勝ち誇ったように笑った。

「殿、あれはきっと監視カメラの映像です。多分ハッキングして……」

「ご名答。私はいろんなカメラにアクセスできるのよ。ネットの女王なんだから」

「なぜじゃ。なぜ会ったばかりのわしにそこまで……」

「好きになるのに理由がいる？」

「いる……、ような気がする」

「殿が言うといまいち説得力ないですね」

すずが苦笑いした。

「あなた、さっき白馬に乗ってたでしょ。しびれたわ。宗春さまこそ、私の王子さま！」

「いゃ、わしはただの殿さまじゃが……」

「とにかく！　一つわかったことがあるわ」

宗春の言うことを無視してスミレが言った。

「あなたたちはつきあってない！」

「そ、そんなことないもん」

すずが慌てて宗春に寄り添った。

「だって観覧車に乗ったのに、キスもしてないじゃない」

「それは、その、さっき餃子《ギョーザ》を食べちゃったからで……」

「だったらハーしてみて。私に」

スミレがすずの手を握って引き寄せた。

「ハー？」

「臭いでわかるわよ。私、好きなの、ニンニクの臭い」

「やだっ！　なんであんたにそんなことしないといけないのよ。関係ないでしょ？　行きましょ、殿」

すずは早足で歩き出した。

宗春も続く。

二人の後ろをスミレがのっそりとついてきていた。

「すずよ」

「はい？」

「お主、いつのまに餃子を食べたのじゃ。わしに隠れて」

「食べてないですよ！　あれは嘘です」

「嘘？　嘘だったのか……。わしはすっかり餃子が気にいったのじゃが」

「今は説明してる暇ありません。それより一つ考えがあります」

すずがスマホを手に握った。

「今も昔も、情報公開って大事ですよね？」

すずがちょっと意地悪そうに笑った。

二人はシートレインランドを出ると、駅に向かった。人の数が徐々に多くなってくる。

「どうするつもりじゃ、すず」

「人を隠すには人波の中……。今は時を稼ぎましょう。あの女の弱点を攻めていますから」

「ふむ。よくわからぬがお主に任せよう」

宗春は言った。すずも織部の子孫である。ここはひとつ、策に乗ってみるのもいい。

人込みを抜けると、スミレの姿は見えなくなった。

「殿。このまま電車に乗りましょう。そうすればきっと……。あっ！」

すずが小さな悲鳴を上げた。

改札の前でスミレがスマホのカメラを手に、待ち構えていた。

「どうしてここが……。尾行ならともかく、待ち構えてるなんて！」

「星野すず。あなたのプロフィールは検索ずみよ。住所がわかれば帰りの電車もわかるわ。待っていれば必ずここを通るはず」

「やだっ、キモッ！」

「すず、走るぞ」

「えっ？」

宗春はすずの手を取って逆方向に走り出した。スミレは追いかけてきたが、すぐにその姿は小さくなる。

姿が見えなくなると、宗春は港に積んであるコンテナの陰に隠れた。閑散として近くに監視カメラはない。

「殿、うまく逃げられましたね」

「走れば追いつかれぬ。あの女は太いからのう」

「なるほど……」

「しっ！」

宗春がすずを抱いて素早く身を隠した。ちらりとスミレが徘徊《はいかい》しているのが見えた。

「殿。その……、近すぎます」

すずの心臓の高鳴りが宗春に伝わってきた。

「怖いだろうが、もうしばらく辛抱せよ」

「はい……」

すずはそっと頰を宗春の胸につけた。


「どこに行きやがった！」

スミレはもはや半狂乱で歩き回り、悔しげに地団太を踏んだ。

イライラしながら、スマホをチェックする。

すると、画面に表示されたスミレのフォロワー数が一気に減っていた。

「え、なんで？」

スミレが画面を更新すると、さらにフォロワーは減った。十万人以上いたそれは、もはや千人を切っている。

タイムラインを調べると、スミレがアップした写真の一枚にコメントがついていた。

『スミレさん、あなたの本当の姿が映ってますよ』と。

スミレが慌てて画像に目を凝らすと、ゴンドラのガラスに、スマホを構えたスミレの姿が映り込んでいた。修整した美しい虚像の姿と服装が同じなので、コメントを見たフォロワーたちに特定されてしまったのである。

『これがスミレの素顔？』

『自爆乙《おつ》！』

『ウソつき！　見損ないました！』

などと、批判コメントが殺到し、炎上していた。

「そんな……。嘘よ！」

スミレはがっくりと膝をついた。

「うまくいきました、殿」

すずは説明した。スミレの自爆写真に気づき、コメントをつけたことを。

「しかし何やら哀れな気もするな」

「スミレさんは、殿のことが本気で好きなわけじゃなかったと思います。ネットでみんなの注目を集めたかったんですよ」

「そういうものか？」

「そうですよ。そんな気持ち、私にもわかりますから……」

すずがやや暗い声で言った。

「どうしてじゃ」

「だって、自分のことを見てくれる人がいないのは寂しいもん」

「すず、お主は……」

宗春がすずを見つめたとき、スマホのメッセージ着信音が鳴った。

「あっ！」

すずがスマホを見て叫ぶ。

「殿、大変です！」

「どうした？」

「スミレさん、死ぬって……」

真っ青になったすずがスマホを見せた。

そこには『絶望しました。死にます』とメッセージが書かれており、スミレが海辺の埠頭《ふとう》に立つ写真が添付されていた。

「これはまずいのう」

「どうしよう。私のせいかも……」

すずの声が震えた。

「まだ間に合う。行くぞ！」

宗春が埠頭に向かって走り出した。


埠頭の端まで行くと、スミレがポツンと一人で立っていた。

「待て！　早まるでない！」

「来ないで！」

スミレは泣きじゃくった。

「もう終わりよ！　素顔がバレるようなコメントを残したの、あなた達でしょ？

おかげで大炎上よ！」

「ごめんなさい、私が……」

言いかけたすずを制し、宗春が前に進み出た。

「すまぬ。すべてはわしの責任じゃ。謝って済むことではないが……この通りじゃ、許せ」

「と、殿!?」

宗春が深々と頭を下げていた。

「殿、やめて下さい。悪いのは……」

「家来の失態はわしの失態よ。スミレ、この度はまことに悪いことをした。傷つけてしまったのう」

「もう終わりだわ……。これがニートの私の、唯一のとりえだったのに。見てよ、これ！　私がブスだとわかった途端、フォロワーなんかみんないなくなったわよ。どうせあなたも私がブスだから逃げたんでしょ？」

スミレが宗春をにらんだ。

涙でメイクが落ち、頬の上に黒い縞模様を作っている。

「そなた、そこまで美醜《びしゅう》を気にしておったか……。だが己を卑下することはない。そなたにも良い所はある」

「えっ、どこ？」

「たとえば尻じゃ。わし好みのな」

「し、尻!?」

「さよう。わしの時代では大いに好まれる安産の尻よ。美醜は時によって変わる。大事なことは、ありのままの姿をさらすということじゃ。醜くても、見られていると思えば、美しくしようと努力するし、別のとりえを見つけて伸ばそうとするかもしれぬ。しかし己を偽れば成長もできぬ。ありのままでいなければ愛にも出会えぬぞ。スミレよ、己を偽る必要などない。初めて会った時に見せたそなたの笑顔、なかなかよかったぞ」

「えっ……」

スミレが急におとなしくなった。

「やだ。本当に好きになっちゃったかも……」

「む？」

「ねえ。あなただったら、ありのままの私を受け入れてくれる？」

「ああ。それが人づきあいというものじゃ」

「だったら私にキスできる？」

「キス？　うむ、できるとも」

宗春は勢いに任せて言った。

「殿！　安請け合いしないでください。キスって、口づけのことですよ？」

すずが慌てて耳元で言った。

「口づけ……？　もしや口吸いのことか!?」

宗春が恐る恐る振り返ると、スミレはすでに目の前にいた。目をくわっと開け、唇を伸ばし、キスを待っている。半開きの唇の隙間からは赤くうごめくものが見えた。

「う、うわ！」

宗春は肝をつぶした。

「そうじゃスミレ。実はな、わしは先ほど餃子を食うての……」

「いやだ、宗春さま。私はニンニクが好きだって、さっき言ったじゃないですか。殿の食べたものなら私、大丈夫です……」

「ほ、ほう……」

宗春は窮地を悟った。しかし武士に二言はない。やるといったことはやらねばならぬ。

「さあ、早く……」

「お、おう」

スミレの唇が近づいてきた。

(そ、そうじゃ！　今こそ戻ればよい。戻るなら今じゃ！)

そう思ったとたん、視界が暗くなった。

「殿！」

すずの呼ぶ声が聞こえる。

(時を超える！　助かった！)

しかしそう思ったのは勘違いで、暗くなったのはスミレの髪の毛が宗春の顔に覆いかぶさっていたからだった。枝毛がチクチクすると思った瞬間、ズブリと唇が吸われる。

すごい力で唇が引っ張られ、宗春の顔がひょっとこのようになった。

(そうか。おかめとひょっとこか)

宗春は妙に納得した。その瞬間、今度こそタイムスリップが起こった。

「嬉しい。ファーストキスよ……」

それが宗春の最後に聞いた声だった。

五

「殿、殿！　お気を確かに！」

織部の声が聞こえた。

「織部か……。わしはもう駄目じゃ」

宗春は力なく言った。唇とともに魂のすべてを吸い出されてしまった気がする。

「おいたわしや。未来でどれほど恐ろしい目に遭われましたのか。行かなくてよかった……」

「織部。わしは当分、おなごの顔を見とうない」

宗春は敷かせた布団の中で丸まると、一人泣いた。


しかし翌日になるとケロリと立ち直った宗春は、さっそく尾張に触れを出した。

「わしは未来で学んだ。己の思いを世に知らしめることがいかに大事なことかとな。織部、これよりわしがしたためたる書を家臣や民に配れ」

「御意《ぎょい》！」

織部が宗春から書を受けとった。

宗春は未来に行くようになってからつづっていた悟りの、まとめ書きを織部に渡した。

〈温知政要〉の一部である。

「織部。罪人をたやすく死罪にしてはならぬ。じっくりと吟味し、罪を犯したとしても罰する前に施してやるのじゃ。そして世の定めや働き方を教えてやるがよい。貧しければ学も成りがたかったろうからな」

「ですがそれではまた幕府の定めに逆らう事に……」

「なぁに、政は緩急自在でなければならぬ。時が変われば人も変わる。必要とあらば、古きしきたりは思い切って改めていくべきであろう」

宗春が微笑んだ。

＊

　こうして宗春は〈温知政要〉の書物を通して自らの考えを尾張に広めていった。論語《ろんご》や孟子《もうし》の書などにも根差したその教えは、それまで生きるための指針のなかった尾張の人々を大いに喜ばせた。

　また、宗春が尾張を治めた間、死刑は一度も行われなかった。

　罪を犯すものが少なくなると、宗春は再び筆を取り、〈温知政要〉の続きを書いた。

一、冤罪は国の恥
一、天下の政治は緩急自在で

　罪を犯す原因を貧困と察し、施しを与え、働き方を教えた宗春のやり方は、寛政《かんせい》二年（一七九〇）火付盗賊改方《ひつけとうぞくあらためかた》の長谷川宣以《はせがわのぶため》（長谷川平蔵《へいぞう》）によって設立された石川島《いしかわじま》の人足寄場《にんそくよせば》にも似ている。

　これは現代の人権思想にも通ずる、先進的なやり方であった。

宗春が唐突にこのようなやり方を始めた背景は、今も明らかになっていない。

六

宗春が過去に帰ったあと、すずは次に宗春が訪れるときに備え、準備をしていた。時計はすでに零時をまわっている。

享保の尾張に関する書物を開くと、宗春の姿が急に派手になっている。

「あちゃー、殿ったらコスプレしちゃってる。もしかして私の影響？」

すずが苦笑いした。

ベッドの脇に置いた木箱を開けると、その中には浮世絵がいくつも入っていた。ライブで踊る宗春の姿、ゴリラを見ている宗春の姿、味噌煮込みうどんで火傷する宗春の姿、プロレスのリングで暴れる宗春の姿――。

すべて宗春が尾張に戻って描いた絵である。

そしてあと一枚、絵が残っていた。宗春が美女たちとともに、名古屋を闊歩《かっぽ》する絵であった。

「やっぱ殿は最後までこれかぁ」

つぶやいて浮世絵をしまおうとしたとき、すずは声を上げた。

「きゃあっ！　何これ!?」

絵を持ったすずの手が、半透明に透けている。

「嘘っ！　私、消えかかってる!?」

夜のしじまにすずは一人、立ち尽くした。

殿とすず

「へえ、これが『すまほ』というものですか?」

名古屋城天守閣にある宗春の居室では、織部が物珍しそうにピンク色のスマホを手にしていた。画面には宗春とすずのツーショットがある。

「さよう。そこに写っておるのがすずという娘よ。お主の子孫じゃ」

宗春が自慢げに言った。タイムスリップしたとき、うっかりそのまま持ってきてしまったすずのスマホである。

「ほう……。なにやら利発そうな娘ですな」

織部が微笑んだ。

「いや、うつけじゃ。口も悪いしのう」

「それは殿が未来で暴れすぎたからでは……。あっ!」

「どうした?」

「急に暗《くろ》うなりました! もはや何も見えませぬ」

「なに？　壊したのか!?　すずが怒るではないか」

「い、いえ、私は何も……」

「貸してみよ」

宗春がスマホを手にしてみたが確かに何も映らない。画面に手を触れてもまるで反応しなかった。

「まずいな……」

宗春は唇を引き結んだ。あの口の回転の速いすずが、やつぎばやに文句を言う姿が目に浮かぶ。

「どうされますか」

「うむ。膏薬でも塗ってみるか……」

「からくりに薬が効くでしょうか？」

「だめか。ではせめてきれいにして返そう。心ばかりの詫《わ》びじゃ。しっかりと洗っておこう」

「おお、それがようございますな」

「うむ。あとで台所のほうに渡しておく」

宗春はスマホを懐にしまった。

「ところで、殿。上さまから急なご沙汰が届きました」

「吉宗さまから？　いったい何ごとじゃ」

宗春が織部から受け取った奉書を開いた。

「なになに。『派手な装いで街を歩き、屋敷に旗や幟《のぼり》を飾って町人に見物させ、幕府の倹約令を守らぬとは何事か』じゃと？」

宗春は顔をしかめた。これは後にいう〈三箇条のご詰問〉であり、この書状によって幕府が尾張の宗春を煙たがっていることが明らかとなった一件である。

「殿、やはりご公儀の目が光っていたのです。付家老が密告したのでしょう」

「ううむ。吉宗さまならば、わしのしていることをご理解くだされていると思うたが……」

「ご老中、松平乗邑《のりさと》殿のご意向もあるのでしょう。内々に調べましたところ、あの方は殿のやり方を毛嫌いしておられますようで。いかが致しますか？　もし逆らえば最悪のことも考えられます。つまり腹を召さねばならぬことにも……」

織部は口ごもった。

「しかしな、織部。吉宗さまとわしとでは見ているところが違う。吉宗さまは幕府のために政をやっておられる。だがわしはな、尾張の民のためにやっておるのじゃ」

「わかっておりますとも」

織部が言った。この長年連れ添った頼れる腹心は宗春の気持ちもやり方も全て心得ている。

「しかし殿。幕府が許すかどうか……。殿のご努力を思えばまったく理不尽な話なのですが」

「どうしたものかのう。せっかく尾張が繁栄を取り戻しかけておるというのに」

宗春は脇に置いた煙草の包みを見つめた。最後のひと包みである。

「これが最後か……」

「殿、やはり行かれるのですね」

「うむ。これからわしがどう生きるべきか、考えるきっかけになるやもしれぬ」

宗春は心を決めて長煙管を手にした。

二

煙草を吸い終えると、宗春は薄暗い部屋に倒れ伏していた。広い窓があるところを見ると、牢屋などではないらしい。

「どこじゃ、ここは?」

宗春は立ち上がってあたりを見まわした。

「すず! すずはおらぬか」

返事はない。

しかし、ふと気配を感じて振り向くと物陰に人の姿があった。

「おお、そこか」

「…………」

「む……。お主、すずではないな?」

妙な恰好をした小柄な男である。半身は普通の体だが、半身は奇怪な刺青姿で、宗春よりも派手であった。

男は片目だけを大きく見開いてじっと宗春を見ている。

「知っておるぞ。コスプレじゃな」

「…………」

「黙っていてはわからぬ。わしは徳川宗……」

言いかけたとき、急に男の首が落ちた。

「ぬわっ！　大事ないか！」

あわてて両肩をつかむと、男はバラバラに崩れ落ちた。

「なっ……！　これは、からくり人形か？」

宗春は四散した人形——人体模型——を見て、ほっと息をついた。

「面白いの。ひとつもろうておこう」

宗春は模型の心臓を拾って懐に入れると、理科室をさまよい出た。

そのまま廊下を歩くと、近くの部屋から何やら人の声が聞こえた。戸口に刺さった札には『二年B組』と書かれてある。

宗春は窓からそっとのぞき込んだ。

中には三十人ほどの男女の子供たちが並んで座り、初老の男が板書しつつ話している。

十人ほどは机に突っ伏し、眠っていた。

「ほう、ここは寺小屋か」

宗春は興味津々で見渡すと、すずが後ろのほうの席にいて、両目のまぶたを必死に指で開いていた。どうやら睡魔と闘っているらしい。

「間抜けな顔をしおって……」

宗春は顔をしかめた。


「それでは問題です」

初老の教師が、黒板に享保の年表を記しつつ質問した。

「享保年間、尾張で祭りと芸能を奨励し、民衆に喜ばれた尾張藩主は誰ですか？この問題、わかる人」

宗春はぴんときた。

（これはもしかして……わしか？）

宗春は何やら気恥ずかしかった。自分の政が歴史に残っているとは。

しかし生徒たちはまるで無反応だった。

「名古屋の話ですよ。誰もわからないのですか」

教師が哀しそうな顔をした。

「すず！　それはわしじゃ。早う答えよ！」

宗春はすずのほうを見たが、抵抗むなしく、ついに眠りに落ちたらしい。気持ちよさそうに目を閉じている。

「愚か者め……」

宗春は歯嚙みした。帰ったら織部にきつく言っておかねばなるまい。

「正解は徳川宗春です。倹約令を出した吉宗には大変煙たがられていましたがねえ」

教師が苦笑した。

「違う！　あれは老中のたくらみじゃ。吉宗さまはけっしてそうは思うておらぬ！」

悔しかった。未来に歴史が歪曲《わいきょく》されて伝わっている。

「いいですか、みなさん。入試で点を取るには暗記が第一ですよ」

教師が言った。

「待てい！」

宗春は我慢しきれずに戸を開け、教室に入っていった。

「えっ？」

「誰!?」

生徒たちがざわめく。

「皆のもの。今の教えは間違いじゃ」

宗春が言った。

「……えっ？」

教師が目をしばたたいた。あまりのことに頭がついていかないらしい。

「学問の第一は愛じゃ！　小賢《こざか》しい理屈より、自分自身に正しくあれいっ！」

宗春は高らかに言った。

しかし、熱く応えるかと思いきや、誰もがポカンとした顔をしており、静かなざわめきが広がるのみだった。

このときすずがようやく目を覚ました。

「えっ、殿⁉　なんでここに？」

「あ、あの……、あなたは誰ですか？」

教師がおずおずと聞いた。

「わしは徳川……」

「私の兄です！」

すずが慌てて言った。

「お兄さま？」

教師は派手な着物姿の宗春を訝しげに見た。

「すみません、お兄ちゃんったら授業参観の日と間違えたみたいで……。エヘへ」

「参勤？」

「参観です！」

ぴしりと言ったすずが、黙っていろという風に怖い目で宗春を見た。

「えー、お兄さん、今日は通常の授業ですから……」

教師が申し訳なさそうに言った。

「しかしのう。学問なら正しく教えてくれぬか。吉宗さまは煙たがってはおらぬ。老中・松平乗邑の画策でな。吉宗さまとはうまく話が通じておらぬだけじゃ」

「えっ？　しかし教科書にはそう書いてありますが……」

「いや、わしが正しい」

「なぜそう言えるのです？」

「わしが徳川宗春だからじゃ」

言ったとたん、教室が大爆笑に包まれた。

「先生、この人、今ネットで話題の、最強のおもてなし武将隊だよ！」

生徒の一人が言った。

「あ〜！　あの、プロレスラーの……」

教師もそれを知っていたらしく、笑顔になった。

同時に終業のチャイムが鳴る。

生徒たちが宗春の周りに集まり、スマホで次々と写真を撮った。

「未来の世でも、民が元気で安心したわ。尾張はやはりよい町じゃのう」

宗春はすっかり楽しくなった。

「宗春さま、楽しい授業をありがとうございました」

教師が言った。

「なんの。お主こそ大儀であった」

その言葉を聞いて生徒たちがまた笑った。

「よいか、ここはお主らの時代じゃ。決まり切った考えに縛られるな。羽目を外して大いに失敗せよ。まわりと違うことをするのを恐れてはならぬ」

心のこもった宗春の言葉に生徒たちが思わず聞き入った。

「古い者たちにひるまず、好きにやれ。すべては己の手で作っていけばよいのじゃ」

生徒たちがやんやの喝采《かっさい》をする。

教師は何かに打たれたように宗春を見た。その目が大きく開かれている。

「あなたはまさか、本物の？　い、いやそんなことは……」

「民は国の宝じゃ。しっかり教育せよ」

宗春は教師の肩を叩くと教室を出た。

「もうっ。早く行きましょ。超恥ずかしかったんだから！」

すずが後ろから続き、宗春の背中を押して歩いた。

「もう少し話してもよかったのじゃが……」

「バレたらまずいですって。先生だってちょっと信じかけてたし……」

「星野さん」

「ひゃあっ！」

後ろからの声に、すずが跳び上がった。

宗春が振り向くとさきほどの教師がいた。

「な、なんですか、先生……」

「星野さん、進路の希望調査票をまだ出していないでしょう？」

「あ……、はい」

「やっぱり東京に行くんですか」

教師が残念そうに言った。

すずは押し黙っている。

宗春はそんなすずを見つめた。どうやら何か迷っているらしい。

「期限は今週中ですからね」

「はい……」

「では殿。失礼します」

教師が微笑んだ。

「うむ。大儀であった」

教師はお辞儀して廊下を逆方向に歩いて行った。すっかり宗春のことが気に入ったらしい。

「たしか東京とは江戸のことであったな。尾張を出るのか、すず」

「はい……」

「そうか」

宗春はそれ以上、何も言わなかった。

「ところですず、忘れ物じゃ」

宗春は懐からピンク色のスマホを取り出した。

「ああっ！　それ、殿が持ってたんですか!?」

「写真を見せてもらって、うっかりそのままになっておってのう」

「もうっ、探したんですからね。鳴らしてもつながらないし……、って、昔の尾張にいたなら当然ですけど」

「で、実はのう。織部が壊してしまってな。何も映らなくなったのじゃ」

「ああ、壊れたんじゃないんですよ、これ。充電が切れただけです。電池がなくなると映らないんで、これ」

「そうじゃったのか。ではせめて洗って返す」

宗春は水道に向かった。

「ちょ、ちょっと、待ってください！　それ防水じゃないんで！」

「防水？」

「濡れると壊れちゃうんですってば！」

すずがあわててスマホを取り返した。

三

宗春とすずは学校を出た。グラウンドには部活に励む学生たちがおり、遠くからは吹奏楽部の演奏も聞こえてくる。

「学ぶ者が多いな。この時代は貧しき者でも学ぶことができるのじゃな。おなごも熱心よのう」

宗春は、運動着姿の陸上部の女子が走り高跳びしているのを見つめた。部員たちは華麗に背面跳びでバーをクリアしていく。

「ほう。まるで忍びのようじゃ。塀を越える修業でもしておるのか？」

宗春は躍動するしなやかな体軀《たいく》に目を細めつつ言った。

「殿、男子のほうも見ましょうよ」

「それはお主にまかせる」

「もう……」

すずは頰を膨らませ、そっと自分の手を見つめた。手は昨日《きのう》よりもさらに透けている。

「殿。ひとつお願いがあるんですが……」

「なんじゃ？」

「それがその……」

すずが言い渋っている。

「歯切れが悪いのう。なんでも申せ」

「じゃあ言います」

すずは、ふうっと一つ深呼吸をした。

「殿。今日一日、私とデートしてくれませんか？」

「デート？」

「はい……」

「それは確か、働かぬ者のことであったな」

「それはニートです！　デートは逢い引きのことだって言ったじゃないですか」

すずが恥ずかしそうに視線をそらして言った。

「逢い引き!?　お主とわしがか？」

「私じゃ、嫌ですか？」

すずの頬がやや赤くなった。

宗春はあらためてすずを見た。織部の子孫の、この娘は宗春が未来に来ると、いつも手助けをしてくれる。つい便利使いしていたが、あらためて見てみると美形であった。

しかし、すっかり子供だと思っていたので、逢い引きと言われると宗春も戸惑った。

「ふむ。お主はいくつであったかのう?」

「十七です」

「十七か……。えっ、十七!?」

宗春は驚いて、すずを見た。

「もう年増ではないか!」

「年増!?」

すずの片眉が上がった。

「い、いや、わしの時代では、もう、とうに嫁いでいてもおかしゅうない年なのじゃ。そうか、お主そんなにいっておったか……」

「行き遅れで悪かったですね!」

すずが口を尖らせる。

(十七となれば話は別じゃのう)

もうすっかり女としての自覚も成熟もあるだろう。十七でおぼこ娘とは少し哀れでもある。

「よいぞ、すず」

「えっ？」

「逢い引きをすると言うておるのじゃ。考えてみれば、お主とじっくり話すのは初めてであったのう」

「それは殿がすぐに他の女性と仲よくなるからですよ」

すずが頬を膨らませた。

「そうだったか？」

「そうです。いつもいつも。今日は勝手にどっか行っちゃわないでくださいね。いいですか？」

「わかった、わかった。今日はそちだけじゃ」

「きっとですよ！」

「うむ。武士に二言はない」

宗春は胸を張った。

「じゃあ、どこに行きます?」

すずの声が弾んでいる。

「そうじゃのう。あそこがよいな」

宗春が微笑んだ。


一時間後、宗春とすずは平和公園《へいわこうえん》にいた。

二人のまわりにはたくさんの墓が立ち並んでいる。

「どうしてデートが墓なんですか!」

すずが落ち込んでいた。

「先祖の墓を参るのは大事なことであるぞ」

「そりゃそうですけど……」

「しかし墓の場所は変わってしまったのじゃな」

宗春は墓地を見渡した。

「はい。外国からの爆撃を受けて、この公園にうつされました」

「そうか。そんなに大きな戦があったのか」

「はい。飛行機や船が爆弾を発射して……。私も見てないんですけどね。たくさんの人が死にました」

「そうか。尾張もずいぶん傷ついたのじゃな」

宗春は立ち並ぶ墓の名前を一つ一つを見つめた。

「これが殿の墓です」

すずがひときわ大きな墓を指さした。

「えっ、これがわしの？」

「はい」

「そうか。わしもやはり死ぬのか……。ならば、生きた証を残さぬとな」

宗春は己に誓うように言った。

「殿。向こうで何かあったんですか？」

すずが心配そうに言った。

「幕府とひどく揉《も》めておってな。わしも進路を決めかねておる」

「もしかして、三箇条のご詰問ですか？」

「おお、知っておるのか？」

「はい。吉宗さまのご叱責ですね。歴史に残っていますから」

「ふむ。それに対して、わしはどうしたのじゃ？」

「そのとき、殿は……」

「あっ！　いや、待て」

宗春はすずを止めた。

「どうしたんです？」

「自分の行く末を知ってしまっては、熟慮が足りなくなる。じっくり考えるゆえ、言わぬでもよい」

「わかりました。殿がそう言うなら……」

「すまぬな」

宗春は腕を組んで考えこんだ。

幕府に従うか。それとも切腹覚悟で改革を貫き通すのか。

（しかし、わしが死んだらそのあとはどうなる？　せっかく息を吹き返した尾張がまた元に戻ってしまうのではないか……）

宗春が沈思しているとき、すずは自分の透けつつある手を見ていた。

「殿！」

「む？」

「殿が未来に来られるのも今日が最後なんですよ！」

すずがどこか切ない顔をしている。

「知っておったのか、お主」

「はい。カピタンの煙草は五つだけ……。もう殿と会えなくなるなんて」

そう言われると宗春も寂しくなった。見るものすべてが珍しい未来を案内してくれたすずともいよいよお別れである。

「ならばもっとにぎやかなところに行くか」

宗春は明るい声を出した。

「はい！」

「では次はそちが好きなところに案内いたせ」

「じゃあ今日は大人っぽいところで」

すずがにっこり笑って歩き出した。歩くたびに後ろで結ったすずの髪がぴょんぴょんと揺れる。

すずが向かったのは星《ほし》が丘《おか》テラスだった。

左右にショッピングモールが広がる下り坂を二人で並んで降りていく。

オープンテラスのカフェや趣味のよいセレクトショップが並び、明るい雰囲気の通りである。

「何やらすっきりとして胸がすくようなところじゃのう」

「ここでデートするのが私の夢だったんです……って、殿！」

宗春はつい、前から来たファッショナブルな美女を見つめていた。やたらと美人の多い通りである。

「ストップ！」

すずの顔が目の前に現れる。

「な、なんじゃ？」

「今日は私だけを見るという約束ですよ」

「み、見ておらぬぞ、わしは」

「ほんとですか？」

「むろんじゃ。……むっ？」

今度は女子大生の集団がこちらに向かって歩いてきた。

「だめっ！」

すずが宗春の目を両手でふさいだ。

「そんなことをしたら見えぬ……。いや、少し見えるぞ？」

宗春はぎょっとした。すずの手が一瞬、透けたように見えたのである。

すずは慌てて宗春から手を放した。

「お主、その手は……」

「あ、雨が！」

すずが話をそらすように、唐突に言った。

空を見ると黒い雨雲が集まっている。

すぐに雨は本降りになった。

「降ってきおったのう」

早くも首まわりが濡れて冷たくなっている。

「殿。あの……、私の家に来ますか？」

「うむ。行こう」

宗春とすずは駅の構内に走りこんだ。


すずの家に着くと、宗春はシャワーを借りた。蛇口からいきなり湯が出てきたのには驚いたが、もはや不思議なことには慣れっこになっている。

タオルで体をふき、すずの部屋へと戻った。

一軒家だが、一つ一つの間取りは狭い。

「これではくつろげぬではないか。馬小屋のようじゃのう」

宗春はすずのベッドの上に腰かけた。

エアコンからは暖かい風が吹いている。

「しかし暖かいのはよい。春のようじゃ。これも未来のからくりか……。なぜこのようなことができるのに、部屋を広くせんのじゃ」

つぶやいてなにげなく、すずの机の上を見た。

そこにはすずの作ったらしいノートがあった。

ページをめくると、

『殿が海を見たくなったとき……名古屋港』

『殿が景色を見たくなったとき……テレビ塔』

『殿が野球を見たくなったとき……ナゴヤドーム』

などと、さまざまなプランがあった。

すずは宗春を案内するため、さまざまなシミュレーションをしていた。

また、違うノートには、動物園や大須商店街など、宗春が訪れた場所がすべて書き込まれていた。ところどころに『殿さまは猫舌』とか『殿さまは象がお好き』などと宗春のリアクションも書き込まれている。

「ずっとわしを見ておったのじゃのう……」

宗春は不思議な感動を覚えた。誰一人知り合いがいないこの異境で、すずだけがいつも宗春を見守っていたのである。

壁の本棚には尾張藩の歴史や、日本史の資料が並んでいた。宗春が本の一つを手に取って開くと、びっしりと付箋《ふせん》が貼られ、赤線や蛍光ペンの線も引かれている。

「わずかの間にここまで……。これでは寝る暇もなかったであろう」

　宗春は授業で寝ていたすずの姿を思い出した。あの程度のレベルの授業はすずにとって児戯《じぎ》にすぎなかったのだろう。

　宗春は、すずの机の引き出しも開けてみた。

　そこには『タイムパラドックス入門　～体が消える!?～』と書かれたSF雑誌があった。

「これは……」

　宗春がページを開きかけたとき、

「やだっ、勝手に見ないでください！」

と、すずが飛び込んできて、すばやく雑誌を奪った。

「どうした。よいではないか」

「駄目ですって！」

　すずが後ずさる。

「見せい。何を隠しておる？」

「なんでもないです……、あっ！」

　すずの足がベッドに引っかかり、二人はもつれあってベッドに倒れ込んだ。

目の前にすずの顔がある。シャンプーしたばかりで、よい匂いが漂っていた。

密着したすずの体には、想像以上の女のふくよかさがある。

やがて、すずが覚悟を決めたように目を閉じた。

「すず」

「はい」

「お主は……」

「はい……」

「まだ寝るつもりか？」

「はあ!?」

すずの目が怒りまじりに開かれたとき、宗春は机のそばの木箱を開けていた。

中には宗春が描いた古い浮世絵が入っている。

「何やってるんですか！」

「ん？　何もしておらんが？」

「バカ！」

すずが宗春に枕を投げつけた。

「な、何をする！」

「知らないっ！」

宗春は枕をベッドに戻し、窓の外を見た。

「おお、雨が上がったようじゃ」

「通り雨だったんですね……。殿みたい」

すずが拗ねたように言った。

「すず。そろそろ帰るときも近い気がする。最後の逢瀬《おうせ》じゃ。何かしたいことはないか。なんでもやるぞ」

「だったら……、私、名古屋城に行きたいです」

「城に行くだけでよいのか？」

「はい。殿と初めて会ったところですから」

すずがにっこりと笑った。

四

宗春とすずは、ふたたび名古屋城を訪れた。

堀のまわりを二人で歩く。

「ここから全て始まったんですね」

「ああ。まさかここが未来の世だったとはな」

「殿、あの……」

すずが宗春のほうを見て口を開きかけたとき、宗春の足が止まった。

「なんですか?」

「おなごじゃ！」

本丸御殿のそばに色とりどりの着物を着た女たちが集っている。

「わしの時代の女たちではないようだが……」

「あれは……、着物モデルさんたちの撮影みたいですね」

「着物モデル?　派手じゃのう。まるで竜宮城のようだが……」

見ていると、向こうのほうでもこちらに気づいたらしい。

「あっ、宗春さま！」

「えっ、おもてなし武将隊の!?」

モデルたちが宗春を見つけ、駆け寄ってきた。

「殿さま、一緒に写真撮ってください！」

「ここで会えるなんてラッキー！」

宗春はモデルたちに囲まれた。

隣ですずが固くなるのがわかる。

「すまぬな。今日は非番じゃ」

宗春は言った。

「えー」

「そんなぁ……」

モデルたちが残念そうな顔をする。

横ですずがきょとんとしていた。

「どうした、すず。行くぞ」

「は、はい！」

すずが嬉しそうについてきた。

天守閣に入ると、宗春の知っているものとはかなりちがった構造となっていた。

階段はなく、小さな扉があるのみである。

「なんじゃ、これは？　どうやって上にあがるのじゃ」

「これはエレベーターというものです。階段を使わずにのぼりおりできるんですよ」

「これでは敵にすぐ攻め込まれてしまうではないか……」

宗春は顔をしかめて、エレベーターに乗った。

五階から階段をつかい最上階にあがって外を眺めると、宗春の知っている風景と似ていた。ビルや住宅が建ったものの、地形はあまり変わらない。

雨雲は東に去り、あたたかい太陽の光が広がり始めている。

「きれい……」

すずがつぶやいた。

「観覧車もいいが、やはりここが一番じゃのう」

宗春も目を細めた。

「すず。お主、寺子屋で学び終えたら本当に尾張を離れるのか」

「はい……。前からずっと考えていたんです。やっぱ東京かなって」

「江戸か。わしも江戸が好きじゃった」

宗春は江戸での生活を思い出した。元服したばかりで、見るもの全てが面白く、盛り場にも足しげく通った。

「でもな、今はやはり尾張がよい」

宗春は言った。

「……どうしてですか?」

「尾張の民はみな、からくりを考えるのが得意で、めずらしきものを作ってくれる。飯もうまい。江戸のように、粋だのなんだのいわず、なんでも素直に取り入れて楽しむ。人柄も素朴で温かいしのう。未来でもそれは変わっておらなんだ。それを教えてくれたのはすず、お主ではないか」

宗春はすずを見た。

「いえ、私は何も……」

「知っておるぞ。そなたがわしのため、影で努力しておったことを。お主がいなければこれほど未来の尾張を知ることはできなかったであろう。さすが織部の子孫よ。天晴《あっぱ》れじゃった」

「殿……」すずの目が潤んだ。

「殿、私ね、昔から平凡で、あんまり夢も持ったことがなかったんです。だから殿はずっと、私のヒーローでした」

「ヒーロー?」

「英雄です。時を超えてやって来て、つまらない日常を打ち破ってくれる王子さま……」

「わしは殿さまじゃが……」

「もう!」

すずが笑って宗春の腕を叩いた。

「でも、殿が来てほんとに楽しかった……。生きていれば、びっくりするくらいいいことって、ほんとにあるんだなって」

すずが宗春を見つめた。

「殿……。私、ほんとはもっと殿といたいです」

「すず……」

「はは、告《こく》っちゃった……。でも、無理ですよね。私だって一緒にいられないことくらいわかってるんです。遠距離どころか、時代差恋愛ですもんね……。見てください、これ」

すずが宗春に手を見せると、その手はもう、ほとんど透けきっていた。

「それは、どうしたのじゃ!? それも未来のからくりか？」

「いえ、これはタイムパラドックス……。早く殿が帰らないと、きっと歴史が変わってしまうんです」

「なに!?」

「気がつきませんでしたか？ 殿が来るたび、こっちにいる時間がだんだん長くなってきていること」

「なんと……」

見ている間にも、すずの手は肩に向かってどんどん消えていった。

「これ以上、殿がこっちにいると、きっと過去に戻れなくなる……。今、殿の時代で、大変なことが起こっているんでしょ?」

「うむ」

「殿はきっと、尾張の人たちを救うために神さまに選ばれた人なんです。だから、もう帰らなくちゃ」

「しかしな」

すずのことが心配だった。このまま残していくのはしのびない。そばにいてやりたかった。

しかし、その思いが過去への帰還を妨げているなら、やはりここで別れなければならない。

宗春には尾張でやることがある。

「私、ワガママばっかり言って。こんなんじゃ殿、帰れないですよね」

すずが泣き笑いの表情で言った。

「すず……」

「もう行ってください、殿」

「しかし……」

「私、大丈夫ですから」

すずが全てをあきらめたような笑顔で言った。

(すずのほうが気丈ではないか)

宗春の心は揺れた。かつて思いを告げられぬまま、死んでしまった女のことを思い出す。

そしてようやく気づいた。なぜすずを側室にしたいと思わなかったのか——。

「すず。わしはこの尾張を発展させるぞ。お前が幸せに暮らしていけるようにな」

宗春はそう誓った。

もはやすずの手は完全に消え、足まで消失しかけている。

「殿……!」

「さらばじゃ、すず……。わしも、お主といて楽しかったぞ」

宗春は微笑んだ。

すずの表情が歪む。

「行かないで！　私も連れて行って！」

「すず！」

「私、消えたっていい！　一緒にいたい！」

「すず……！」

すずが宗春の胸に飛び込んできた。熱い涙で胸が濡れる。

しかし、すずを抱きしめた瞬間、目の前がかすれ、暗くなっていった。

「殿！　待って！　神さま、お願い、時間を止めて！　殿を連れて行かないで！」

だが、すずは急によろめき、壁に手をついて体を支えた。

宗春は消え、透けていた手足が元に戻った。

五

「すず……」

宗春はつぶやいた。その目から涙がこぼれる。

すでに宗春は享保時代の名古屋城に戻っていた。

目の前では、織部が脇差しを抜こうとしていた。

「何をしておる？」

声をかけると織部がはっとして刀から手を離した。

「殿！　お戻りになられましたか……。もうてっきり戻って来られぬかと」

「織部。わしは決めたぞ」

「おお、何か光明が見えましたか？」

「わしはすずと約束した。古い決まりにとらわれず、新しい未来を築くのじゃ。そのためなら我が身はどうなってもよい」

織部が膝を打った。

「それでこそ殿でございます」

「よし。まずは吉宗さまへ返事をせよ。わしの政に、いささかの間違いもないと。わしは民のためにやっておるのだ」

「御意」

「そして領内に寺子屋と藩校を増やせ。わしがいなくとも、民自らが行く末を切り開けるようにするのじゃ」

「かしこまりました」

織部が平伏した。

「織部……」

「はっ」

「お主、腹を切るつもりであったな」

「えっ!?　なぜそれを……」

「お見通しじゃ。尾張五十二万石の藩主を舐めるでない」

「はっ……。幕府からお咎《とが》めあれば、私が腹を切るしかないと……」

「愚か者!」

宗春は怒鳴った。

「そんなことをしてわしが喜ぶと思うか。お主はわしとともに立派な尾張の町をつくるのじゃ。お主は家臣である前に、わしの友であろうぞ」

「殿……!」

織部が顔を伏せた。

「それにな、織部。お主が腹を切れば、すずが消えてしまうではないか。慌て者め」

宗春は笑った。

「はっ……」

織部がうつむき、目頭を押さえた。

「また未来で会おうぞ、すず」

＊

その後、徳川宗春は三箇条のご詰問に対し、自説を曲げず、『自ら華美な振る舞いをすることは、むしろ尾張の民の助けとなっている』と反論し、お構いなしとされた。

この結果、尾張はますます繁栄することとなった。

未来への旅を終えると、宗春は再び筆を取り、〈温知政要〉の続きを書いた。

一、学問の第一は愛情
一、失敗は発明の母

これらを加えた〈温知政要〉のすべては以下のようになる。

一、大きな愛と広い寛容の心で仁徳ある政を
一、愛に敵なし　権現様のように仁者《じんしゃ》であれ
一、冤罪は国の恥　罪科はとことん調べつくせ
一、継続は力なり　私欲に走らず、志を最後まで
一、学問の第一は愛情　小賢しい学問より自分自身に正しくあれ
一、適材適所　どんなものにもそれぞれの能力がある
一、好きこそものの上手なれ　他の者の心情を察するように
一、規制は必要最小限で良い　法令は少ないほど守ることができる
一、お金は活かして使え　過度な倹約省略はかえって無益になる
一、生かすも殺すも庶民の知恵　押し付けではなくまずは仲良く

一、ストレスなしが養生一番　怠けなければ心身ともに健康である
一、芸能は庶民の栄養　見世物や茶店などを許可する
一、先達《せんだつ》はあらまほしきこと　どんなことでも事情通であれ
一、芸道は偉大　あらゆる芸事を数年で身につくとは思わぬように
一、若者への諫言には若気の至りをもって　異なる意見は相手の年齢を考えて
一、失敗は発明の母　大器量の者でも若い頃は羽目を外すことはある
一、人の命は金では買えんぜ　生命は尊く、常日頃の用心が肝要
一、何事も庶民目線で　世間の事情によく通じ深い愛情を示せ
一、天下の政治は緩急自在で　国の改革はゆっくりと普段の用件は速やかに
一、改革は文殊の知恵で　自分ひとりではなく良き補佐が大切
一、「まぁええがゃぁ」が臣下に対する主君の心得。古参新参・男女等を問わず平等に深く愛情を示せ

これを配布したことにより、後に宗春は隠居させられることになるが、その頃にはすでに尾張の民に宗春の思想はしっかりと根づいていた。

宗春はついに尾張を救ったのである。

エピローグ

宗春が去ったあと、すずは家に帰ると進路希望調査票を広げた。

「殿……」

切なくつぶやいたすずが、思い出に浸ろうと木箱を開けた瞬間、飛び上がった。

「きゃあああっ！」

木箱の中には人体模型の心臓が入っていた。

「殿のしわざですね」

すずは少し笑った。

「わかってますって。殿は笑顔が好きだってこと」

心臓をどけ、宗春の書いた浮世絵を見つめる。

すると、最後の一枚の絵が変わっていた。

美女たちに囲まれていたはずが、宗春はたった一人の女と歩いている。

女が後ろに結った髪がぴょんと跳ねていた。

「これ……、私？」

すずが大きな笑顔になった。

机に向かい、進路希望調査票に文字を書き入れていく。

「これでよし！」

そこには『尾張大学　政経学部』と書かれていた。

「私の夢は、殿が作った尾張を発展させることです！　……なんちゃってね」

すずは部屋を出ると、階段を駆け下りた。

結った髪がぴょんぴょんと元気に揺れていた。

本書は書き下ろしです。

この作品はフィクションです。実在の人物、団体等とはいっさい関係がありません。

本文中に登場する「温知政要」の解釈については東海学園大学人文学部教授・南山大学名誉教授の安田文吉氏にご協力いただきました。

（著者）

実業之日本社文庫　最新刊

相澤りょう
ねこあつめの家
スランプに落ちた作家・佐久本勝は、小さな町の一軒家で新たな生活を始めるが、一匹の三毛猫が現れて……人気アプリから生まれた癒しのドラマ。映画化。
あ14 1

阿川大樹
終電の神様
通勤電車の緊急停止で、それぞれの場所へ向かう乗客の人生が動き出す――読めばあたたかな涙と希望が湧いてくる、感動のヒューマンミステリー。
あ13 1

江上 剛
銀行支店長、追う
メガバンクの現場とトップ、双方を揺るがす闇の詐欺団。支店長が解決に乗り出した矢先、部下の女子行員が敵に軟禁された。痛快経済エンタテインメント。
え1 3

佐藤青南
白バイガール　幽霊ライダーを追え！
神出鬼没のライダーと、みなとみらいで起きた殺人事件。謎多きふたつの事件の接点は白バイ隊員――？　読めば胸が熱くなる、大好評青春お仕事ミステリー！
さ4 2

大門剛明
鍵師ギドウ
警察も手を焼く大泥棒「鍵師ギドウ」の正体とは!?　人生をやり直すべく鍵屋に弟子入りしたニート青年が、師匠とともに事件に挑む。渾身の書き下ろし！
た5 2

土橋章宏
金の殿　時をかける大名・徳川宗春
南蛮の煙草で気を失った尾張藩主・徳川宗春。目覚めてみるとそこは現代の名古屋市!?　江戸と未来を股にかけ、惚れて踊って世を救う！　痛快時代エンタメ。
と4 1

実業之日本社文庫　最新刊

鳴海 章
鎮魂　浅草機動捜査隊
子どもが犠牲となる事件が発生。刑事・小町が、様々な母子、そして自らの過去に向き合っていく。そして定年を迎える辰見は…。大人気シリーズ第8弾！

な29

西村京太郎
日本縦断殺意の軌跡　十津川警部捜査行
新人歌手の不可解な死に隠された真相を探るため十津川班の日下刑事らが北海道へ飛ぶが、そこには謎の墓標が。傑作トラベルミステリー集。（解説・山前 譲）
に114

南 英男
特命警部
警視庁副総監直属で特命捜査対策室に籍を置く畔上拳。未解決事件をあらゆる手を使い解決に導く。元部下の巡査部長が殺された事件も極秘捜査を命じられ…。

み74

森 詠
吉野桜鬼剣　走れ、半兵衛〈三〉
半兵衛は柳生家当主から、連続殺人鬼の退治を依頼された。「桜鬼一族」が遣う秘剣に興味を抱き、半兵衛は大和国、吉野山中へ向かう――。シリーズ第三弾！

も63

吉田雄亮
俠盗組鬼退治
強盗頭巾たちに襲われた若侍の手にはなぜか富くじの木札が。江戸の諸悪を成敗せんと立ち上がった富豪旗本と火盗改らが謎の真相を追うが……痛快時代小説！

よ51

安部龍太郎、隆慶一郎ほか／末國善己編
龍馬の生きざま
京の近江屋で暗殺された坂本龍馬。妻・お龍、姉・乙女、暗殺犯・今井信郎、人斬り以蔵らが見た真実の姿。龍馬の生涯に新たな光を当てた歴史・時代作品集。

ん28

実業之日本社文庫　好評既刊

荒山 徹
徳川家康　トクチョンカガン
山岡荘八『徳川家康』、隆慶一郎『影武者徳川家康』を継ぐ「第三の家康」の誕生！　興奮＆一気読みの時代伝奇エンターテインメント！（対談・縄田一男）
あ61

井川香四郎
菖蒲侍　江戸人情街道
もうひと花、咲かせてみせる！　花菖蒲を将軍に献上するため命がけの旅へ出る田舎侍の心意気――名手が贈る人情時代小説集！（解説・細谷正充）
い101

井川香四郎
ふろしき同心　江戸人情裁き
嘘も方便――大ぼら吹きの同心が人情で事件を裁く！　表題作をはじめ、江戸を舞台に繰り広げられる人間模様を描く時代小説集。（解説・細谷正充）
い102

井川香四郎
桃太郎姫　もんなか紋三捕物帳
男として育てられた桃太郎姫が、町娘に扮して岡っ引の紋三親分とともに無理難題を解決！　歴史時代作家クラブ賞・シリーズ賞受賞の痛快捕物帳シリーズ。

い103

岩井三四二
霧の城
一通の恋文が戦の始まりだった……。武田の猛将と織田家の姫の間で実際に起きた、戦国史上最も悲しき愛の戦を描く歴史時代長編！（解説・縄田一男）
い91

池井戸 潤
空飛ぶタイヤ
正義は我にありだ――名門巨大企業に立ち向かう弱小会社社長の熱き闘い。『下町ロケット』の原点といえる感動巨編！（解説・村上貴史）
い111

実業之日本社文庫　好評既刊

池井戸 潤
不祥事
痛快すぎる女子銀行員・花咲舞が様々なトラブルを解決に導き、腐った銀行を叩き直す！　テレビドラマ「花咲舞が黙ってない」原作。（解説・加藤正俊）
い112

池井戸 潤
仇敵
不祥事を追及して職を追われた元エリート銀行員・恋窪商太郎。彼の前に退職のきっかけとなった仇敵が現れた時、人生のリベンジが始まる！（解説・霜月 蒼）
い113

宇江佐真理
おはぐろとんぼ　江戸人情堀物語
堀の水は、微かに潮の匂いがした——薬研堀、八丁堀、夢堀……江戸下町を舞台に、涙とため息の日々に訪れる小さな幸せを描く珠玉作。（解説・遠藤展子）
う21

宇江佐真理
酒田さ行ぐさげ　日本橋人情横丁
この町で出会い、あの橋で別れる——お江戸日本橋に集う商人や武士たちの人間模様が心に深い余韻を残す、名手の傑作人情小説集。（解説・島内景二）
う22

倉阪鬼一郎
からくり成敗　大江戸隠密おもかげ堂
人形屋を営む美しき兄妹が、異能の力をもって白昼に起きた奇妙な押し込み事件の謎と、遺された者の心を解きほぐす。人情味あふれる書き下ろし時代小説。
く43

周木 律
不死症《アンデッド》
ある研究所の瓦礫の下で目を覚ました夏樹は全ての記憶を失っていた。彼女の前に現れたのは人肉を貪る異形の者たちで!?　サバイバルミステリー。
し21

実業之日本社文庫　好評既刊

知念実希人
仮面病棟
拳銃で撃たれた女を連れて、ピエロ男が病院に籠城。怒濤のドンデン返しの連続。一気読み必至の医療サスペンス、文庫書き下ろし！（解説・法月綸太郎）
ち11

知念実希人
時限病棟
目覚めると、ベッドで点滴を受けていた。なぜこんな場所にいるのか？　ピエロからのミッション、ふたつの死の謎…。『仮面病棟』を凌ぐ衝撃、書き下ろし！
ち12

原田マハ
総理の夫　First Gentleman
20××年、史上初女性・最年少総理となった相馬凛子。夫・日和に見守られながら、混迷の日本の改革に挑む。痛快&感動の政界エンタメ。（解説・安倍昭恵）
は42

東野圭吾
白銀ジャック
ゲレンデの下に爆弾が埋まっている――圧倒的な疾走感で読者を翻弄する、痛快サスペンス！　発売直後に100万部突破の、いきなり文庫化作品。
ひ11

東野圭吾
疾風ロンド
生物兵器を雪山に埋めた犯人からの手がかりは、スキー場らしき場所で撮られたテディベアの写真のみ。ラスト1頁まで気が抜けない娯楽快作、文庫書き下ろし！
ひ12

東野圭吾
雪煙チェイス
殺人の容疑をかけられた青年が、アリバイを証明できる唯一の人物――謎の美人スノーボーダーを追う。どんでん返し連続の痛快ノンストップ・ミステリー！
ひ13

実業之日本社文庫 と41

金《きん》の殿《との》 時《とき》をかける大名《だいみょう》・徳川宗春《とくがわむねはる》

2017年2月15日 初版第1刷発行

著　者 土橋章宏《どばしあきひろ》
協　力 CBCテレビ

発行者 岩野裕一
発行所 株式会社実業之日本社
〒153-0044 東京都目黒区大橋 1-5-1
クロスエアタワー 8 階
電話 [編集]03(6809)0473 [販売]03(6809)0495
ホームページ http://www.j-n.co.jp/
DTP 株式会社ラッシュ
印刷所 大日本印刷株式会社
製本所 大日本印刷株式会社
フォーマットデザイン 鈴木正道(Suzuki Design)

ISBN978-4-408-55341-2（第二文芸）